# DELICADAMENTE FEIO

RICARDO SILVEIRA

# DELICADAMENTE FEIO

PORTO ALEGRE
2011

*Preparação e revisão*
Rodrigo Rosp

*Capa*
Samir Machado de Machado

*Foto do autor*
Drigo Cardoso

Dados Internacionais de Catalogação na Publicação (CIP)

S587d Silveira, Ricardo
Delicadamente feio/ Ricardo Silveira. – Porto Alegre : Dublinense, 2011.
96 p. ; 21 cm.

ISBN: 978-85-62757-30-3

1. Literatura Brasileira. 2. Contos Brasileiros. I. Título.

CDD 869.937

Catalogação na fonte: Ginamara Lima Jacques Pinto (CRB 10/1204)



Av. Taquara, 98/504
Petrópolis – Porto Alegre – RS

contato@dublinense.com.br

dublinense

*No princípio, era a emoção, e não havia o verbo.*
*Quando você encosta numa ameba, ela se retrai,*
*ela tem emoção, ela não fala, mas tem emoção.*
*Um bebê chora, um cavalo galopa. Somente a nós*
*foi concedido o verbo. Ele é horrível.*
*Você não consegue cheirá-lo. Mas, para chegar*
*ao ponto em que consegue traduzir essa emoção,*
*é uma dificuldade que ninguém imagina...*
*É feio... É sobre-humano...*
*É um truque que pode matar uma pessoa.*

Louis-Ferdinand Céline

# ÍNDICE

# PARTENOMANCIA

Recebi as habilidades para esta arte como herança de família. Meu bisavô aprimorou o que já recebera de seu pai, que era de origem cigana. A tradição se manteve mais por capricho do que por necessidade. Meu bisavô foi o último a usufruí-la como um trabalho que lhe dava sustento. Hoje em dia, eu nem me considero mais cigano. Meu avô já procurou desvencilhar-se do pejo. Cansou-se logo cedo de ser chamado de embusteiro e ser perseguido por isso. Mas meu bisavô, não. Tinha grande importância entre os seus, pois, além da liderança exercida, era quem determinava a pureza de futuras esposas. Mais do que adivinhar se a menina era virgem, conseguia antever características de boa esposa que todo cigano gostava de se certificar antes de contrair matrimônio.

Mas para que serve tal habilidade? Posso garantir-lhes que a arte se mantém viva comigo, pratico-a diariamente para não perdê-la e pretendo passá-la para minhas futuras gerações. Confidenciei o segredo a um amigo já falecido que, antes de infartar, me garantiu que eu poderia ganhar algum dinheiro com isso. Para minha surpresa, há pouco tempo, recebi um telefonema estranho. O homem se dizia um agenciador e citou o nome de meu amigo falecido. Perguntou-me sobre a possibilidade de eu exercitar a partenomancia.

— Você não é o adivinhador de virgens? — perguntou ele.

— Sou eu mesmo — respondi balbuciante e surpreso com minha coragem em me identificar como tal.

— Não quer ganhar um dinheiro fácil, adivinhador?

Peço desculpas, ainda não me apresentei adequadamente. Meu nome é César, sou casado, tenho duas filhas pequenas, sou contador e trabalho em uma firma de consultoria. Não bebo, não fumo, não gosto de futebol nem de carnaval, durmo cedo e sempre paguei meus impostos e dívidas adiantados. Como podem notar, tenho endereço fixo e nenhum antecedente criminal. Sou um cidadão comum. Quando o agenciador me ligou, fiquei apreensivo e, inicialmente, me neguei a estender a conversa, mas ele insistiu para que eu ficasse com seu telefone, eu poderia precisar. Naquela semana, surgiram despesas extras, e aquele telefonema não saía de minha cabeça. Resolvi ligar.

— É você, agenciador? — eu perguntei.

— Quem fala? — disse ele.

— É o adivinhador de virgens.

— Caralho! Eu estava pensando em você ontem à noite. E então, resolveu ganhar uma grana fácil?

— Qual é o negócio? — eu respondi.

— É barbada, tem um ricaço que precisa ter certeza de que as garotas que ele traça são mesmo virgens.

— Por que ele não solicita às meninas que procurem um ginecologista da confiança dele? — eu perguntei, pois a medicina com suas consultas de rotina e as mudanças de costumes foram os motivos pelo quais a partenomancia havia se tornado inútil.

— Em que mundo você vive, adivinhador? Está cheio de ginecologista por aí que refaz selinho nas meninas por preços módicos. E tem mais, o cara tem uma obsessão...

— Como assim, ele é pedófilo?

— Não, fique frio, a obsessão do cara é comer mulheres virgens, mas tem que ser virgem mesmo, não vale nem se gozou nas coxas.

— Olha! Se for pedofilia, estou fora — eu disse.

— Calma, adivinhador, ainda não escutou a proposta, você vai lá e, na presença dele, diz se a garota é virgem ou não. É só isso e você leva mil e quinhentos reais.

Esse cara deve ser bem rico, pensei.

— E quanto você leva?

— Eu cobro o meu por fora.

— Você promete que não é pedofilia ou alguma coisa do gênero? — eu perguntei.

— Vá até lá, se você achar que é safadeza, dê meia-volta. Estou falando, o negócio é cem por cento.

— Está bem, pode dizer que eu aceito.

No horário combinado, eu estava em frente a um motel na periferia da cidade. Não demorou e uma BMW estacionou ao lado do meu carro. Dois caras muito altos e fortes se aproximaram:

— O senhor é o adivinhador?

Em poucos minutos, eu estava dentro de um quarto. Sentei em uma poltrona aveludada e macia e aceitei o refrigerante que ofereceram. Logo meu cliente entrou no quarto, vestia terno e gravata e devia beirar os sessenta. Era muito rico a julgar por relógio, pulseira dourada e sapatos. Sentou-se na cama redonda em frente à minha poltrona e pediu um uísque aos seus capangas. O colchão d'água ondulou-se.

— Você deve estar achando isto tudo muito estranho — ele disse.

— Eu não acho nada. Vim aqui para certificar que o senhor não está sendo enganado e vou receber por isso — eu disse. Meus lábios tremeram um pouco e ele deve ter notado.

— Não se assuste. Tudo vai ser muito rápido. Seu cheque já está pronto.

A porta do quarto foi aberta, e a garota saiu das sombras, perfilando-se entre eu e meu cliente.

— Faça seu trabalho, adivinhador — disse um dos capangas.

Essa era a tarefa mais fácil. A partenomancia tem três momentos específicos. O primeiro é intuitivo e, para isso, solicitei que as luzes fossem todas acesas. O olhar é importantíssimo. Eu estava com os olhos voltados para meu copo e direcionei-os à garota assim que me senti hábil para isso. Suas meninas dos olhos inquietaram-se e seus cílios ficaram levemente eriçados. As íris rutilavam. Nitidamente, ela nunca havia tido uma experiência pré-coito. Passara no primeiro item da avaliação. O segundo momento exige uma apreciação mais detalhada do quadril, seios, lábios e a marcha. Solicitei que ela caminhasse lentamente pelo quarto e ela desfilou um pouco constrangida. Ela seguia minhas instruções entre surpresa e indulgente. Seus passos miúdos, ligeiros e delicados convinham a uma não estreada. Os seios eram pontiagudos e os lábios apresentavam a tremura em sua frequência e amplitude característica. O quadril era onduliforme, e a distância entre a crista ilíaca e o trocânter maior do fêmur obedecia os parâmetros vestais. O terceiro momento da avaliação exige uma entrevista e nem sempre é realizado, mas fazia-se necessário, pois eu não queria falhar no meu primeiro cliente, apesar de minha quase certeza na intocabilidade sexual da moça.

— Quantos anos você tem? — eu perguntei.

— Dezenove — ela disse.

— Trouxe identidade? — queria ter certeza de que não estava sendo cúmplice de algum crime. Os capangas entreolharam-se, e ela pediu que alcançassem sua bolsa, que foi interceptada por mim.

— Posso olhar o que está dentro de sua bolsa?

Ela gaguejou um sim. Na bolsa, um batom, um pequeno espelho, um pacote de lenços descartáveis, um blíster de comprimidos anticoncepcionais (fazia sentido, toda garota tem receio de engravidar na sua primeira relação) e, bem no fundo da bolsa de couro falso, um clássico indício: uma pequeníssima boneca de pano rósea, um amuleto infantil. A identidade era compatível com a resposta da garota. Tinha dezenove recém-feitos. Aproximei-me de seu rosto. Não era uma garota bonita, tampouco feia. Provavelmente, tinha ascendência alemã ou polaca. Fiquei imaginando sua branquidão nua de mamilos e vulva róseos. Fiz então uma pergunta para finalizar minha apreciação:

— Guardou-se até aqui por quê?

Ela me olhou espantada, parecia não entender. Refiz a pergunta:

— Por que você, com dezenove anos, permanece virgem?

Suas bochechas rosadas procuravam a resposta pelo quarto. O ricaço deu de ombros e os capangas nem se mexeram. Voltou seu olhar para mim e respondeu com os olhos embaçados:

— Ninguém nunca propôs fazer sexo comigo.

— Ela é toda sua — disse ao meu cliente.

Peguei meu cheque e fui para casa a tempo de jantar com minha família.

Uma semana depois, novo telefonema do agenciador.

— Alô, adivinhador? É você? Grande adivinhador! Que desempenho, hein!

— O cliente gostou? — eu perguntei.

— Se gostou? Caralho! O cara virou freguês, mas não foi por isso que liguei — sua voz tornou-se mais séria. — Eu tenho um outro trabalho para você. Este é mais complicado, mas pode lhe render muito mais dinheiro.

— Do que se trata?

— Um grupo de pessoas quer contratá-lo, eles ficaram em polvorosa quando souberam de suas habilidades, mas já vou lhe avisando: eles são meio estranhos, fazem parte de uma confraria, a confraria dos defloradores.

— Estou fora, não quero me envolver com sociedades secretas — eu disse.

— Calma, adivinhador, é uma sociedade secreta, sim, mas os caras são podres de ricos, disseram que você fizesse seu preço, eles podem pagar um valor alto, acreditam que sua avaliação é extremamente gabaritada.

— Eles se reúnem para fazer o que nessa confraria?

— E eu lá quero saber? Eu não agencio putas nem trafico drogas, apenas faço contatos e reúno os interessados. O que eles fazem com o que agencio não é problema meu, mas a julgar pelo nome da confraria...

— Devem ser um bando de perversos.

— Adivinhador, escute bem, estou nessa há bastante tempo e posso lhe garantir que é melhor sabermos o mínimo possível. A maldade humana está em todo lugar e se manifesta de diferentes maneiras, a pureza e a bondade só ocorrem em nossa imaginação.

— Diga que eu cobro dez mil.

— Menos, adivinhador, menos, os caras são abonados, mas não são otários.

— Que arranjem outro então — eu disse, para terminar a conversa.

— Está bem, vou fazer sua proposta — e desligou.

Eles aceitaram. Eu participaria da próxima reunião dali a alguns dias. Exigiram sigilo absoluto e fizeram eu concordar que chegaria ao local encapuzado. Frisei antes que meu preço era por unidade e que, se houvesse mais de uma garota, o valor seria renegociado. Combinei com minha esposa que eu viajaria a trabalho por uns dias. Tinha receio de que a coisa toda se alongasse.

No dia e local combinados, um anão musculoso me aguardava com o capuz na mão e um revólver na cintura. Estranhei, mas resolvi colocar o capuz. O carro era uma grande picape com um potente motor e adaptado às pernas do anão, que gostava de música sertaneja. Andamos quase meia hora e saímos da cidade. Uma estrada de chão batido precedeu nossa chegada. Fui colocado em um local bastante arejado e então retiraram meu capuz. Era um grande armazém vazio. Eles estavam perfilados à minha frente, não cheguei a contar, mas acho que eram mais de vinte. O mais velho não alcançava quarenta anos, e todos se vestiam de jeans e camiseta branca, deve ser um uniforme, pensei. Eram todos brancos, a maioria loiros e uns poucos ruivos. Um deles deu três passos à frente e começou a falar em um português com sotaque estrangeiro. No início, não prestei muita atenção em suas palavras, mas fiquei mais atento quando ele passou a explicar as intenções da tal confraria. Disse que, na verdade, participavam, em seus países de origem, de clubes de castidade, cujos membros se comprometiam a não manter relações sexuais antes do matrimônio. Os adeptos desses clubes consideram a virgindade o melhor remédio contra a AIDS, a promiscuidade e também contra a proliferação de herdeiros bastardos. Todos eram filhos e legatários de grandes magnatas americanos e europeus e, como ficaram atrelados ao puritanismo dos pais e avós, criaram a confraria dos defloradores para, em países do terceiro mundo, fornicarem longe das megaempresas e dos olhares paternos. Ao se reunirem, persistiam no conteúdo ritualístico dos encontros. Exigiam sigilo e tinham regras e doutrinas. O líder citou passagens bíblicas e enumerou as etapas dos ritos, que fiz questão de esquecer, mas, com um esforço, recordo-me de ouvir algumas palavras que me impressionaram: sangue, amarras, éden, liliths. Após sua exposição, fiz uma única pergunta: quando iriam necessitar de meus préstimos? O rapaz gritou algumas ordens em inglês, e várias garotas foram trazidas. Todas aparentavam serem menores de idade. Eu as avaliei com rapidez e apenas sete eram virgens. Três já haviam feito sexo oral.

— Elas são menores — eu falei.

— Faz alguma diferença?

— Não estou aqui para fazer trabalho sujo. Além do mais, o preço combinado era por unidade.

— Pagaremos o que for preciso, dinheiro não é problema — ele disse.

— Mas elas são menores de idade, e isso não está correto, pelo menos no meu país — disse, como se eu estivesse dando voz de prisão aos ianques. O anão cutucou meu braço e apontou o revólver na cintura com o minúsculo indicador.

— Quais as garotas são virgens? — perguntou o líder.

— Nenhuma — falei, quase gritando. — No Brasil, com essa idade, nenhuma garota é pura.

— O que você pensa que está fazendo? — perguntou o anão já com os dedinhos no revólver.

— Cale a boca! — eu disse. — Essas meninas são todas fodidas. Não são mais virgens.

— Você está jogando uma grana preta pela janela, imbecil! — o anão estava irritado.

— O senhor foi bastante recomendado e está nos decepcionando — disse o líder enquanto os outros branquelos ficavam alvoroçados.

— Estou apenas fazendo meu trabalho. Não há nenhuma virgem aqui.

— São dez meninas com hímen intacto e o você diz que nenhuma é virgem. Tem certeza? — perguntou o líder.

— Tenho certeza absoluta — eu disse.

— O que faz você pensar que elas todas já foderam? — perguntou o anão em surdina.

— Baile funk — respondi.

— Ah! — retrucou o anão.

— O que vocês estão conversando? — quis saber o líder.

— Este cara é foda, chefe, ele veio até aqui tirar uma onda da nossa cara — disse o anão. Fiquei preocupado e me dirigi até as garotas. Achei melhor mudar de estratégia.

— Esperem! Acho que me enganei. Esta aqui é virgem — apontei para a garota que parecia ser mais experiente, ela era a única cujos lábios não tremiam.

— Só uma? — perguntou o anão.

— Levem-na! — gritou o líder, demonstrando irritação. Quatro deles foram mais rápidos e carregaram a garota.

— Você não está colaborando, adivinhador. É nítido que a grande maioria dessas garotas é virgem. Por que você não está fazendo seu trabalho de forma adequada? — questionou o líder.

Fiquei em silêncio e, então, a menor das meninas avançou alguns passos. Antes de ser contida por um dos branquelos, disse:

— Por favor, nos ajude.

Foi então que notei o quanto as meninas estavam assustadas. O anão ficou surpreso com a reação da garota e sacou sua arma. Eu estava logo atrás dele, agachei-me e segurei com força seu revólver ao mesmo tempo em que torcia o outro braço. A arma caiu, e eu a juntei do chão antes do líder.

— Fiquem parados! — gritei. — Senão, atiro — as garotas correram para trás de mim.

— Você sabe dirigir? — perguntei à garota que havia se manifestado.

— Sei sim — ela respondeu.

— Então, vá até aquele carro e traga-o aqui.

Em poucos segundos, espremi todas as garotas na grande picape.

— Você é um homem condenado, adivinhador — gritava o anão. O líder parecia concordar. — Você é um homem morto!

Disparei com o carro, mas, antes, dei dois tiros para o alto. Eu nunca havia atirado e queria saber qual era a sensação. Pelo retrovisor, o anão foi o primeiro a desaparecer. O líder estava empunhando uma metralhadora, mas não a disparou. Dirigi sem parar a noite toda, e as meninas não reclamaram.

Vendi a picape para um desmanche há duas semanas, e ela me rendeu um bom dinheiro. Menos do que eu ganharia praticando a partenomancia com as dez garotas, mas paciência. Pelo menos, estou com a consciência tranquila. Da garota que ficou para trás eu não tive notícias. Coloquei as nove dentro da picape e achei que já estava a contento. Afinal de contas, por que eu estou aqui? Eu não tenho nada com isso. Já expliquei, dei dois tiros para o alto, por isso tenho indícios de pólvora na mão. Vocês acham que eu sou mentiroso, mas eu não a matei. Eu sou inocente.

# QUALQUER COISA

Entrei no meu departamento e fui surpreendido com um chamado da chefia.

— Jair, pode chegar aqui um instante?

Não gostava dele, tampouco do colega que o acompanhava. Eles sempre se reuniam depois do almoço.

— Jair, eu e o Renato estivemos lhe observando e chegamos à conclusão de que você tem problemas.

— Qual é a queixa desta vez?

— Achamos que você está perdendo o senso.

— Perdendo o quê?

— Perdendo o senso, o juízo. Entendeu agora?

Eu não estava entendendo, devia ser fome. Ainda não havia almoçado e só tomara uma xícara de café preto durante a manhã toda.

— Você sabe do que estou falando, Jair. Estamos preocupados com você. Precisa colaborar.

— E como posso colaborar? — olhei para Renato, e ele mal continha seu riso.

— Pedindo ajuda.

— Eu não preciso da ajuda de vocês — falei, irritado.

— Calma, Jair. Há meses estamos atentos à sua conduta e já sabemos o que fazer — o gerente foi até sua mesa de trabalho e tirou da gaveta um pequeno pacote feito com folhas de jornal e embrulhado com fitas de plástico.

— Aqui está, Jair.

— O que é isso?

— É um pequeno pedaço do seu juízo. Encontramos no banheiro da repartição. Pedimos para dona Maria guardá-lo, e ela fez este embrulho.

— Vocês estão gozando da minha cara? Que história é essa?

— Vamos fazer o seguinte: eu lhe dou dois dias de folga. Leve o pacotinho e reflita sobre o que conversamos.

— Dois dias de folga? Mas eu tenho tarefas e prazos a cumprir. Não posso tirar folga agora.

— Relaxe. Nós só queremos que você fique bem. Faça uma viagem. Você não tem parentes no interior?

— Tenho, mas...

— Dois dias de folga, Jair. Retorne na segunda-feira. Agora, eu e Renato precisamos voltar ao trabalho — disse isso e foi abrindo a porta do escritório dando tapinhas em minhas costas.

Ganhei o corredor e enfiei o pacote no bolso do meu paletó. Olhei para trás, e os dois estavam me dando adeus com cara de zombeteiros. Fui até minha mesa e guardei os processos em que me debruçava. Despedi-me da secretária e saí à rua. Apressei o passo até o estacionamento. O manobrista estranhou o horário.

— Doutor, aconteceu alguma coisa?

— Nada, só estou saindo mais cedo — fiz cara de poucos amigos e aguardei. O manobrista chegou com o carro e demorou alguns instantes no volante, parecia procurar com o nariz o odor que lhe incomodava.

— De onde será que vem esse cheiro, doutor?

— Deve ser do esgoto — respondi.

Entrei no carro e senti o fedor que exalava de meu bolso. Era do pacote. Parei no primeiro semáforo e, nos carros ao meu lado, todos tinham olhares para mim. À esquerda, uma senhora dirigia um opala, acompanhada de uma idosa. As duas comentavam alguma coisa. Notei numa delas um esgar seguido do movimento de dedos em pinça nas narinas. À direita, um rapaz fechou os vidros do seu carro com rapidez e balançava a cabeça, demonstrando contrariedade. Eu fedia. Estacionei na primeira esquina e procurei um bar. Pediria alguma coisa e usaria o banheiro para me lavar. Solicitei um conhaque e, enquanto aguardava a bebida, o atendente se aproximou:

— Por favor, não se ofenda, mas acho que o senhor não está passando bem.

— O quê?

— É o cheiro, sabe. Está bem forte.

— Onde é o banheiro? — perguntei.

— No fim do corredor, mas está interditado. Acho melhor o senhor ir embora. Pode levar a bebida.

Ele havia servido o conhaque em um copo de plástico. Dispensei a bebida e saí correndo do bar. Busquei o banco da praça em frente. Coloquei o embrulho em meu colo e comecei a desatar os nós das fitas. Alguma coisa estragada, que eu não conseguia identificar, fora colocada naquele pacote pelos meus colegas. Observei que três pessoas do outro lado da praça conversavam e apontavam para mim. Faziam comentários e chamavam a atenção dos transeuntes. Logo uma pequena multidão aguardava, acotovelando-se a uma distância tal que ficavam protegidos da minha fetidez. Esperavam minha reação.

Abri completamente o pacote. O conteúdo era um pequeno pedaço disforme com a aparência de queijo deteriorado, mas não era queijo. As pessoas em torno da praça impacientaram-se, mas eu já não os escutava. Notei que minha boca estava encharcada de saliva e o odor não me incomodava mais. Afundei meu dedo indicador na peça de consistência flácida e viscosa. Experimentei uma boa quantidade. Não foi necessário usar meus dentes. Dissolveu-se como hóstia no céu da boca. Aqueles idiotas do meu departamento pensam que eu me impressiono com qualquer coisa.

# AÇÚCAR, FARINHA E GESSO

Terminei meu curso de enfermagem com muita dificuldade. Trabalhava como empregada doméstica de dia e estudava à noite. Nas horas vagas, eu lia tudo que caía em minhas mãos: *O tesouro da juventude*, *Seleta em prosa e verso*, J. M. Simmel, Agatha Christie, Morris West. Eram livros que ficavam nas estantes das casas em que eu trabalhava. Eu sonhava com uma casa enorme com um monte de livros de capa dura, amarelados. Quando fiz dezoito anos e terminei meu curso, eu vim para a capital. Li um anúncio no jornal que oferecia emprego e moradia. Quem me abriu a porta foi dona Alberta, a filha do seu Francelino. Ele não saía sozinho do quarto. Tinha que dar banho nele, mudar sua roupa e colocá-lo na cadeira de rodas para ir tomar banho de sol. "Ele fala muito pouco e não come nada sólido. Tem que esmagar tudo, entendeu?". Eu tinha entendido, sim. "Às vezes, ele não faz cocô e a gente tem que tirar com o dedo, sabe?". Ela falou isso e roeu uma unha grandona. "Sei, sim, dona Alberta, pode deixar". Achei o serviço fácil e adorei meu quartinho. Seu Francelino era magro, não controlava o xixi nem o cocô e dar banho nele era mais difícil do que eu pensava. E também colocá-lo na cadeira de rodas. Quando eu o levava para a rua, ele pedia para entrar; quando entrava, pedia para sair. Haja paciência. À noite, nós três ouvíamos o rádio, e seu Francelino gostava muito. Olhava para mim com seus olhos grandes. Nem piscava. Eu ficava meio sem jeito. "Não ligue, não. Ele é assim mesmo. A gente nunca sabe o que está passando na cabecinha dele", dizia dona Alberta. É, mas eu desconfiava. No fim da minha primeira semana de trabalho, apareceram alguns livros velhos na casa. Um sobrinho do seu Francelino havia trazido várias caixas de papelão. Ele disse à dona Alberta que não cabiam mais no seu apartamento e que, na casa do tio, havia lugar e que ficou com dó de jogar fora aqueles livros todos. Perguntei para dona Alberta se eu podia arrumá-los, e ela achou ótimo. Eu arrumava, tirava o pó e ia lendo. Li quase todos. Em pouco tempo, não ouvia mais o rádio, só lia. Mas eu estou me adiantando. Antes dos livros chegarem, eu tive que aguentar uma braba do seu Francelino. O velhinho resolveu parar de fazer cocô. Dona Alberta veio perguntar e eu tive que dizer a verdade. "Então, tem que usar o dedo, menininha". Pedi um par de luvas, e ela respondeu: "Para que luvas?", e depois roeu a unha do dedo médio. Comprei as luvas escondido e, quando meti o dedo, ele fez um aiaiai estranho. Parecia estar gostando. Engraçado, isso me deu uma vontade danada de aprender. Não queria ficar o resto da minha vida metendo o dedo no seu Francelino, por isso, quando os livros chegaram, me empolguei e comecei a ler com vontade. Quando o levava para tomar sol, eu lia contos e novelas. À noite, me entretinha com os romances. Quase não lia poesia, também pudera: não dá para ler poesia enquanto se limpa a bunda do seu Francelino. Dona Alberta não havia casado e não tinha filhos. Passava os dias bordando e eu, às vezes, desconfiava que ela desfazia o bordado de um dia só para ter o que fazer no dia seguinte. Com o tempo, fui me apegando aos dois. Depois de seis meses, eles eram como minha família. Dona Alberta me chamava de "minha menininha" e seu Francelino já conseguia dizer as primeiras sílabas de meu nome. Eu puxava seu cocô duas vezes por semana e, juro por Deus, estava desconfiando de que ele ficava sem fazer de propósito. Fui falar com dona Alberta e ela ficou fula da vida comigo, mas depois quis me agradar e disse que iria adquirir novos volumes para a biblioteca que eu estava organizando com os livros velhos de seu primo. Não demorou e chegaram vários. Eu ia lendo um por um. Um dia, o tal sobrinho do seu Francelino quis me conhecer. Queria saber quem era aquela empregadinha que leu *Crime e castigo*. Dona Alberta me chamou e disse que seu primo me esperava na biblioteca da casa e que eu levasse uma xícara de café para ele. Eu estava vestida como sempre: com uma larga bermuda azul-clara e o avental branco, sem sutiã. O doutor Ivo era baixo, gordo, careca e fumava um charuto fedorento.

"Então, você é a menininha literata? Sente aqui, perto de mim", ele puxou uma cadeira para bem junto do seu joelho gordo. "Ouvi dizer que você gostou de meus livros?", perguntou ele. "Sim, me foram de grande utilidade, doutor Ivo", eu respondi.

"Qual deles você mais gostou?", ele disse isso e passou a mão de leve em meus braços.

“Eu gostei de todos, doutor Ivo”.

“Eu posso trazer mais livros para você... Enciclopédias... Que tal uma máquina de escrever?”.

“Uma máquina de escrever seria legal”.

“Então, eu irei trazê-la na minha próxima visita”. Ele disse isso e eu fiquei olhando para a janela, pois a cara do doutor Ivo era repugnante. Ele passou então a apertar minhas coxas e foi subindo suas mãos até chegar bem perto de minha calcinha. “Traga a máquina de escrever e nós conversamos, doutor Ivo”, eu disse isso e afastei os dedos dele do meio de minhas pernas. Eu lia muito depressa e chegavam novos livros toda semana. Passei também a comprálos. Quando terminei *As reinações de Narizinho,* doutor Ivo chegou com a máquina de escrever. Logo aprendi a datilografar e já estava escrevendo, mas custei a me livrar do doutor Ivo. Depois que ele me trouxe a máquina, passou a fazer visitas quase diárias, e dona Alberta fazia questão de me deixar sozinha com ele na biblioteca. Ele pedia para eu escolher um livro e ler em voz alta. Então, ele tirava as calças e pedia para eu segurar. Eu segurava por pouco tempo. Doutor Ivo tinha problemas.

Agora, com a máquina de escrever, além das leituras, eu também escrevia. Decidi tornar-me uma escritora. Doutor Ivo parou de me incomodar. Acho que ele ficou constrangido porque eu mal terminava de ler o primeiro parágrafo e ele já sujava o tapete. Decidi então que iria escrever diariamente. Ocupava minhas noites escrevendo depois de terminar meus afazeres. Dona Alberta, de início, estranhou, mas depois que ficou sabendo que eu pretendia ser escritora ficou entusiasmada e me perguntava, a cada começo de mês, se eu precisava de algum livro. Eu não me fazia de rogada e sempre pedia algum. Comecei a me interessar por escritoras: Dinah Silveira de Queiroz, Júlia Lopes de Almeida, Lygia Fagundes Telles, Raquel de Queiroz. Eu as idolatrava. Dona Alberta ficou feliz por eu estar lendo autoras brasileiras e, em uma manhã de segunda-feira, comprou um livro que lhe foi muito bem recomendado.

E eu então descobri Clarice. Tomava seu lugar quando lia seus contos e me imaginava ela. Toda vez que me sentia triste, me olhava no espelho e dizia em voz alta: Clarice. Pudera eu escrever tudo aquilo que pensava e sentia nas minhas madrugadas. Eu queria apenas escrever como ela. Depois de conhecê-la, o cocô e as manias de seu Francelino não me incomodavam mais. Eu o limpava e ia para a máquina de escrever. Descobri que Clarice tinha sido internada após um acidente em sua casa – tinha dormido com um cigarro aceso na mão. Era minha chance. Iria procurá-la e oferecer meus serviços. Descobri onde ela morava, vesti um avental bem limpinho, coloquei algumas coisas que eu tinha escrito em uma pasta de couro que era de seu Francelino e bati na porta dela. Um rapaz estranho me atendeu.

"Quem é você?".

"Eu sou a nova enfermeira da dona Clarice".

"Enfermeira? Ela não precisa de enfermeira". O rapaz deveria estar brabo, pois fechou a porta na minha cara. Bati novamente.

"O que você quer, já disse que..."

"O que foi, meu filho, algum problema?".

Era Clarice. Eu a vi. Lá estava ela, na porta, com suas olheiras orientais e a voz arrastada.

"Você é minha nova enfermeira?".

"Eu posso explicar, dona Clarice, eu..."

"Entre. Deixe-a entrar, meu filho".

Entramos na sala e o rapaz sumiu dentro do apartamento. Clarice estava com um grande curativo em sua mão direita e parecia triste.

"Eu posso cuidar disso para você". Apontei para sua mão machucada e ela a afastou como se quisesse proteger um filho.

"Não! Estou bem assim. Sente-se aqui, por favor", e indicou o sofá. Apontou para sua máquina de escrever, que estava sobre a mesa de centro, e pediu para eu acomodá-la em meu colo. Sentou-se na poltrona ao meu lado e acendeu um cigarro. Na máquina, havia uma folha com algo escrito.

"Jogue isso fora, por favor".

"Mas é muito bonito..."

"Jogue fora. Você não quer trabalhar para mim? Então, jogue isso no lixo que está ao seu lado".

Ao lado do sofá, havia um pequeno balde de bronze, onde já se encontravam várias bolinhas de papel. Deu uma profunda tragada no cigarro e suspirou. A mão machucada repousava sobre seu colo. O olhar era parado, e ela enrolava um pouco a língua para falar.

"O que aconteceu com sua mão?".

"Foi um acidente. Os médicos queriam amputar, mas eu não deixei. Eu estava certa". Olhou para sua mão toda orgulhosa.

"E você, o que faz aqui? É tão novinha. Não devia estar estudando?".

"Eu já terminei meus estudos e ..."

"E quer ser escritora?".

Ela deve ter lido meus pensamentos. Era também uma bruxa.

"Você sabe datilografar?".

E começou a me ditar um texto. Fiquei enlouquecida. Não conseguia percutir as teclas na mesma velocidade que seu fluxo de pensamentos. Solicitei que fosse mais devagar.

"Não posso ir mais devagar. Você precisa me acompanhar. Escrever é lembrar-se e a lembrança para mim é como uma ferida em carne viva. Você me entende?".

"Sim, eu..."

"As coisas vão acontecendo e eu preciso pensar depressa para não ouvir o silêncio. Esse silêncio sem lembrança de palavras".

Ela falava e eu datilografava da melhor maneira. Eu tinha alguma habilidade desenvolvida nas minhas madrugadas, mas acompanhá-la era impossível.

"Não está me acompanhando. Eu lamento muito, mas você não poderá ser minha enfermeira."

"Mas eu consigo, só preciso praticar mais."

"Não fique triste. Eu tenho um outro serviço para você."

Entramos pela sua cozinha até a área de serviço. Ela apontou para o chão. "Essas baratas não são minhas. Pertencem ao apartamento do térreo e escalam os canos do edifício até aqui. De dia, elas são invisíveis, mas, à tardinha, aparecem".

"Eu conheço uma forma de acabar com elas, dona Clarice".

"Você tem uma receita?".

"A senhora mistura, em partes iguais, açúcar, farinha e gesso. O açúcar e a farinha vão atraí-las, e o gesso faz o resto".

"Elas endurecem de dentro para fora?".

"É, e ficam branquinhas..."

"Como estátuas?".

Combinei com Clarice que retornaria no dia seguinte com o elixir. Dona Alberta reclamou da minha ausência, mas eu disse que estava na biblioteca pública e ela entendeu. Na verdade, havia antes passado no mercado e comprado os itens da mistura. Não era comum eu fazer o jantar, mas, naquela noite, dona Alberta me solicitou com jeito. Para seu Francelino, o mingau de maizena e, para ela, engrossei uma sopa de aspargos. Fui deitar mais cedo e só consegui pegar no sono às três da manhã, pois estava ansiosa com o encontro do dia seguinte. Ao acordar, fiz minhas obrigações e deixei seu Francelino tomando sol ao lado de dona Alberta. Eles demonstravam muita calma e tive um pouco de pena deles. Cheguei à casa de Clarice às dez horas, e quem me recebeu foi uma moça esguia e antipática. Disse que era amiga de Clarice e que ficou de me receber na ausência dela. Agradeceu meu interesse e, como prova de sua gratidão, havia deixado um presente: um livro chamado *Laços de família*. Fiquei estupefata. E minha ansiedade? Minha frustração? E tudo que eu havia feito para chegar até ali? Quis deixar meus escritos, mas a moça foi taxativa em não aceitá-los: "Clarice não fica com os manuscritos de ninguém". Restou-me o livro e a rua. Caminhei de volta para casa tonta e nauseada. Decidi que, a partir daquele momento, não continuaria a ser enfermeira. Não estava preparada para cuidar dos outros. Seria outra coisa na vida. Abri a porta da casa que, sem nenhuma surpresa para mim, era só silêncio. Arrumei meus pertences em uma sacola, mas antes busquei o armário de dona Alberta. Usei sua maquiagem, pintei minhas unhas e coloquei um batom rutilante. Encontrei algumas roupas de quando dona Alberta era mais magrinha e que me caíram muito bem. Olhei-me no espelho e o entusiasmo tomou conta de mim. Eu agora era uma rainha, mas não uma rainha delicada, passiva, dessas que só pensam em beneficência. Ao contrário, sentia-me orgulhosa e sem nenhum pudor. Seria independente como nunca tinha sido. Livre. Antes de sair, busquei a biblioteca para levar comigo alguns livros. Com o dedo indicador da mão esquerda e de olhos fechados, escolhi três volumes e disse para mim mesma que eles seriam emblemáticos. Julguei que meus dedos eram guiados por alguma energia secreta. Os livros escolhidos foram: *Os últimos dias de Pompeia*, *Fausto* e *Os demônios*. Limpei todos os cômodos e escrevi um bilhete de demissão onde declarava meus momentos privados com o doutor Ivo na biblioteca e o quanto ele era implicante com meus patrões. Bati a porta e pendurei nela uma placa: "Esta casa foi dedetizada".

# OS ENGOLIDORES DE FOGO

Eles trabalhavam em zonas opostas, mas se encontravam com frequência no fim da tarde em um boteco próximo à Praça XV. Comiam ralos pastéis de carne com clara de ovos encostados ao balcão de pedra. A aguardente ajudava a tirar o gosto de querosene da boca.

— Então, como foi o dia? — perguntou Rui.

— Como os outros — respondeu Zé, com o pastel quente rebolando entre os poucos dentes.

— Tirou algum?

— Pro gasto. Tem muita gente se exibindo por aí.

— É. Gente que leu uma bíblia, diz que Jesus é bom demais da conta e fica tirando troco dos outros.

Bateram os copinhos de cachaça no ar, de leve. Pareciam comemorar o dia que terminava. Beberam um trago e aquietaram-se. Rui passou o dedo indicador na sobrancelha chamuscada. Zé quebrou o breve silêncio.

— Tu já viu o homem com o lagarto?

— Lagarto?

— Ele anda pelo centro e aí em frente ao mercado público. Nunca viu, não?

— Não prestei a atenção devida. Lagarto, é?

— Ele anda com o bicho pra cima e pra baixo, sempre de terno e gravata vendendo umas ervas que curam não sei o quê.

— E o lagarto? Pra que serve? — perguntou Rui, surpreso.

— Sei lá! Mas o pessoal gosta de ver o bicho com a língua de fora comendo ovo.

— O sacana dá ovo pro lagarto?

— Pois eu te digo que vi o bicho comer um ratão deste tamanho.

— Ratão?

— Morto, mas era deste tamanho. Assim, ó!

— Os caras inventam cada uma.

— Cuspiu fogo hoje? — Zé fez a pergunta e puxou a lata de querosene para junto de seus pés.

— Estive lá no postão do IAPI. Uns aposentados me contrataram pra uma manifestação — Rui respondeu, desanimado.

— Lá só tem gente doente atrás de perícia. Todo mundo duro.

— E eu não sei? Mas deixa eu te contar: acendi minhas tochas e fui cuspindo meu fogo e, lá pelas tantas, como eu sempre faço, comecei a engolir...

— Bonito!

— Aí, uma velhinha se chegou pra mim e disse: "Seu moço, que que tu tá engolindo aí?". E eu respondi: "É meu trabalho, vovó".

— E então?

— Então, ela me falou meio raivosa que eu parasse de fazer aquilo, porque, se fosse pra engolir alguma coisa, eles contratariam um engolidor de sapo.

— Muito boa essa, hein?

— Danada a velhinha, né? Mas, Zé, tu me empresta um pouco de querosene pra amanhã?

Zé derramou um pouco do inflamável na lata de azeite que Rui lhe alcançou. Aproveitaram para arrumar suas tochas. Guardavam seus instrumentos em velhas sacolas onde ainda se visualizavam emblemas desgastados de firmas já falidas. Rui trabalhou em uma transportadora. Zé em um frigorífico no interior. Beberam mais um trago. Zé pigarreou e, num esgar, disse:

— Essa azia me mata!

— É fogo!

— Rui, dia desses topei com um entortador de moeda.

— Entortador de quê?

— Moeda.

— Como ele entorta? Com os dedos?

— Não, com as gengivas.

— Ui! E os dentes?

— Não tem unzinho.

— Nenhum?

— Sabe essas moedas grandes de vinte e cinco centavos?

— Ele entorta?

— Um pouquinho, mas já ouvi reclamação que algumas ele engole.

— Que cara dura!

O centro da cidade, no fim da tarde, é tumultuado.

Trabalhadores retornam para suas casas e as paradas de ônibus ficam apinhadas. Os engolidores de fogo costumam aguardar o burburinho desfazer-se.

— E festa de criança, Zé? Não tem aparecido?

— A moda agora é festa de marmanjo. É um barulho que deixa a gente louco. Eu saio de lá zonzo, Rui.

— Eu imagino. Mas até um tempo atrás tinha mais festinha de criança, não?

— Tinha sim. Criança gosta do que a gente faz, mas os pais preferem as lojas de xisbúrguer americano. Como é que a gente vai cuspir fogo lá?

— É. Não dá, não. Como ficou teu filho, Zé?

— Melhorou. Tá em casa, mas os médicos disseram que a doença pode voltar, e aí vem com mais força.

— É fogo!

Retornavam para casa em conduções diferentes: Zé rumava em direção à zona norte e Rui subia uma das sete colinas da cidade. Naquela noite, o primeiro topou com sua esposa preocupada: o filho doente ardia em febre. Rui, que era sozinho e com os filhos crescidos, teve insônia. Durante a madrugada, buscou o pequeno quintal de sua casa e praticou, cuspindo fogo. Achou bonito iluminar o morro naquela escuridão toda.

# A CIVILIZAÇÃO OCIDENTAL

De início, pensei em não ir, mas, no horário e local marcado, eu estava lá. Ele chegou antes de mim. Na sua frente, um campari e uma garrafinha de água mineral. Tinha um olhar muito sério. Não parecia irritado. Eu estaria se fosse ele.

— Boa tarde, senhor Campelo.

— Boa tarde. Sente-se.

Ele me ofereceu a cadeira e esperou eu me acomodar para sentar-se. Vestia-se com classe. Calça de linho, camisa salmão e um colete xadrez. Eu vinha do trabalho e vestia calça jeans, camisa e um sapato de couro marrom cujas extremidades estavam um pouco desgastadas.

— O senhor pediu que eu viesse. Aqui estou eu, seu Campelo.

— É... Eu pedi sim. Bebe alguma coisa?

— Um carioca.

— Pensei que estivesse com vontade de uma bebida mais forte.

— O senhor tem razão. Eu quero um café expresso.

O comentário a respeito da bebida já era algum tipo de alfinetada? Ele estava calmo. Fiquei surpreso com isso.

— Pedi que viesse, pois acho que devemos conversar, senhor... Como é mesmo seu nome?

— Heitor.

— Heitor, você é o amante de minha esposa, não?

— O que o senhor quer, seu Campelo? Não me chamou para este tipo de conversa. Eu não sou nenhum idiota e sei que o senhor tem mais o que fazer a esta hora.

— Claro que sabe. É neste horário que vocês se encontram, não? A propósito, vocês usam camisinha?

— Por favor, seu Campelo. Se a conversa continuar neste tom...

— Tudo bem. Mudemos o tom. Eu lhe pedi que viesse, pois quero conhecê-lo e fazer algumas perguntas.

— Antes do senhor perguntar, gostaria de lhe dizer... Bem, eu e a Camila... Nós nos amamos.

— Sim, ela me disse a mesma coisa.

— E quando a conheci eu não sabia que era casada. Ela não usa aliança.

— Ela não usa quando está sozinha. Comigo, ela sempre usou aliança.

Ele pegou o anel que estava em um dos bolsos do casaco e me estendeu.

— Veja, dê uma olhada.

Olhei de forma rápida e logo lhe entreguei.

— Não, observe com mais calma. Na parte interna da aliança, está meu nome e a data de nosso casamento.

Olhei novamente e coloquei-a sobre a mesa. O garçom trouxe meu café.

— Isto aconteceu há sete anos. Eu sabia que não iria durar muito, mas, na minha idade, um casamento com uma mulher vinte e oito anos mais nova é como renascer...

— Olha, seu Campelo. Eu vim até aqui afirmar para o senhor que eu amo muito a Camila. Não tinha a intenção de constrangê-lo e, quando fiquei sabendo que ela era casada, eu já estava apaixonado. Vim para dizer também que tomei uma decisão: ficarei com Camila apenas se houver separação. Não serei mais o amante. Se ela não me quiser e preferir ficar com o senhor, não a verei nunca mais.

Seu Campelo deu um sorriso amarelo e bateu palmas com ironia.

— Muito bem, senhor Heitor. Belo discurso! E decidiu isso só agora, quando recebeu meu telefonema? Vocês estão juntos há oito meses!

— Bem, seu Campelo. O que eu tinha para dizer está dito. A decisão agora é da Camila. Eu aceitarei o que ela decidir.

— E o que você acha que ela irá decidir?

— Pergunte a ela.

— Eu já perguntei. O que você acha que ela decidiu?

— Bem... Não sei...

— Vamos, diga. Você acha que ela vai pedir a separação? Hein?

— Eu realmente não sei. Não chegamos a conversar sobre isso. Eu fui surpreendido com seu telefonema e decidi sobre o que lhe falei no caminho para cá, mas é a minha decisão. E é definitiva.

— Você tem ideia de como eu fiquei sabendo do caso de vocês?

Comecei a achar aquela conversa estranha. Seu Campelo agora tinha o rosto vermelho. Demonstrava visível irritação. Alguém neste mundo realmente me odiava.

— Olha, não estou mais interessado nesta conversa, seu Campelo. O senhor está se alterando e não vejo motivos para continuarmos.

— Eu não precisei contratar detetives. Tenho pessoas de minha confiança que fazem esse tipo de serviço.

— O senhor andou me espionando?

— Não, eu não diria isso. Eu apenas estava cuidando do que é meu. Sei de cada passo de vocês dois nas últimas duas semanas, e sabe por que você ainda caminha e atende o telefone? Porque eu queria ter esta conversa com você.

— Quem o senhor pensa que é? Deus?

Ele deu uma gargalhada que foi ouvida por quase toda a cafeteria. Olhei para as mesas e, ao fundo, havia um homem de terno preto e óculos escuros que aparentava ler um jornal. Seu Campelo foi se restabelecendo da risada histriônica para então assumir uma carranca. Passou a falar cuspindo um pouco da saliva que juntou no canto dos lábios, como pequeníssimas porções de merengue.

— Deus? Não, eu não sou Deus. Eu sou corrupto! Entendeu? Corrupto! Gente igual a mim está cheio por aí, mas eu sou um dos melhores, ou um dos piores. Fica a seu critério.

— Eu já ouvi falar da sua fama.

— Então, por que se envolveu com minha esposa?

— Era isso que o senhor queria saber? Foi para isso que me chamou?

— Sinceramente? Sim. Queria conhecer o estúpido que teve a pretensão de me enfiar um par de guampas e ainda por cima não recuar diante de um convite para uma conversa comigo.

— Não tinha pensado por esse ponto de vista. Achei que teríamos uma conversa civilizada e...

— Civilizada? Meu Deus! Você é mais burro do que eu imaginava. A que tipo de civilização você se refere?

— A civilização ocidental — falei meio gaguejando, sem muita convicção.

— Civilização ocidental?

Seu Campelo pegou com força um dos meus braços e o sacudiu.

— Olhe para os lados, seu idiota! Veja!

Olhei para a praça de alimentação e não notei nada de muito suspeito além do homem de preto. O shopping estava vazio àquela hora.

— Você está vendo? Não? Claro que não está vendo. Você não enxerga. Não percebe que lhe espreitam. Que o pouco que lhe resta de civilização é esse cafezinho... E não teve nem a coragem de pedir uma bebida decente.

— Eu achei que...

— Cagalhão!

Ficamos em silêncio por alguns instantes, tempo suficiente de eu terminar meu café e ele seu campari.

— O senhor quer me dizer mais alguma coisa?

— Não, pode cair fora. Ande! Suma da minha frente!

Levantei-me, mas, ao girar sobre a cadeira, me lembrei de Camila.

— Onde ela está, seu Campelo?

Ele desfez a face rubra de ódio e empalideceu.

— Ela está em um lugar confortável.

— O senhor jura para mim que ela vai ficar bem?

Juramentos não valem nada, os do seu Campelo menos ainda, mas ele não me disse coisa alguma, apenas estendeu um braço e chamou a garçonete.

No caminho para o estacionamento, tentei diversas vezes contatar Camila pelo celular. Inútil. Decidi ficar mais um tempo. No shopping, há um guichê da rodoviária e comprei uma passagem para Montevidéu. Tinha pouco tempo e preferi não sair do shopping até a hora da partida do ônibus. Pensei em Camila. Tudo está acabado para nós, infelizmente. Retornei à cafeteria. Seu Campelo não estava mais lá, tampouco o homem vestido de preto. Pedi uma dose de vinho do Porto. Tive dificuldade para beber, pois minhas mãos trêmulas não me obedeciam. Acho que vou ter tempo para me recuperar no Uruguai. Meu Deus! Como eu estou cansado...

# DELICADAMENTE FEIO

— Sinceridade?

— Se possível.

— Tu és feia.

Desde então, se instalou em mim um mal-estar incontornável. Bastava dizer que eu tinha um certo charme ou algo assim, sei lá. Mas, não. Levou-me ao fundo. Foi de uma franqueza contundente. Está certo. Eu não me iludo. Sou feia mesmo. Tenho as pernas torneadas, pouca celulite, seios fartos, porém simétricos, e minhas nádegas são apetecíveis. E o restante? Bem, o restante é sofrível. Tenho as gengivas expostas e os incisivos salientes. Minhas orelhas são enormes, e meu olho esquerdo aponta para a direita insistentemente. Meus cabelos são crespos e volumosos, o que dificulta o pentear. Eu tenho que amarrá-los com fitas resistentes. Ah! Já ia me esquecendo: tenho também um buço que caprichosamente desfaço, todo mês, com cera quente.

Sou um erro. Mas nunca havia recebido, de um homem, tamanha indelicadeza. Na minha infância, tinha apelidos horrorosos para os quais desenvolvia uma negação maciça. Meu pai ajudou muito. Por vezes, eu o incomodava com perguntas e pedia esclarecimentos a respeito de minha suposta feiura. Sim, suposta, pois a mãe me considerava bonita e ressaltava minhas pequenas virtudes, como a cor dos meus olhos (azul-profundo, dizia ela) e o nariz delicado. Mas meu pai, não. Quanto à feiura, ele nada dizia, porém me dava conselhos:

— Quem se importa com beleza é porque não tem aptidão para o estudo, minha filha.

— Mas, pai, como vou conseguir um namorado?

— Lê esse livro, minha filha, ele é muito interessante.

Ele desconversava, hoje eu sei. Mas seus conselhos me foram de grande ajuda. Desde criança, me dediquei aos estudos. Era a melhor aluna da aula, com as melhores notas em todas as disciplinas. Tornei-me bastante requisitada pelos meninos em dias de prova. "Onde tu vai sentar?", eles perguntavam. "Posso te pagar um sorvete?". Sentia-me poderosa. Com o tempo, passei a tirar proveito disso. Certa vez, o menino mais cobiçado do colégio veio à minha presença na véspera da prova final de química.

— Ester, como tu está bonita hoje.

— Hum...

— Como tu sabe, sou péssimo em química e preciso tirar um nove nesta prova. Pensei em ti e...

— Está bem, eu te passo cola, mas com uma condição.

— Qual?

— Terá que me levar ao cinema hoje à noite.

— Hoje! No cinema! Mas eu...

— Então, nada feito — dei as costas.

— Espera! Está bem, eu te levo ao cinema.

Foi o meu primeiro beijo. Tive que segurá-lo e arranhá-lo um pouco nos braços, mas foi bom.

Perdi a minha virgindade em uma festa que eu mesma organizei. Era meu aniversário de quinze anos. Todas as minhas amigas já haviam perdido, menos eu. Quando eu falo em amigas, leia-se: meninas para quem eu cedia cola, fazia os temas de casa e era portadora de recados aos meninos do colégio. Foi dessa maneira que conheci Otávio: loiro, alto, pouco afeito aos estudos, é claro, mas isso pouco importa quando se quer perder a virgindade. Ele era cobiçado por Leila, uma menina que me tratava como se eu fosse um animalzinho que pudesse estar exposto no zoo. "Essa é minha amiga Ester. Não se preocupem, ela é assim mesmo. Não está do avesso", e dava uma risadinha sádica enquanto os meninos se estouravam de rir.

Para que todos os meus convidados viessem, prometi bebida à vontade, show com a banda mais famosa do colégio, fogos de artifício, desfile de modas, mágico, DJ. Meu pai não se importou com os custos, disse-me que estava orgulhoso, pois eu não quis ir à Disney, destino de quase todas as filhas de seus amigos. Ele sabia que uma viagem daquelas custaria mais caro do que a festa que eu organizara. Além do mais, ele se surpreendera com a minha enorme, porém falsa, popularidade.

A festa foi um sucesso. Tudo correu conforme eu planejara. Cedo da noite, eu já havia descartado Leila: usei o sonífero que minha mãe eventualmente utilizava para a insônia. Foi fácil. Chamei o garçom e destinei a taça de vinho batizada para ela. À distância, comemorei a derrocada de minha inimiga observando sua queda na escadaria. Foi jogada em um táxi por suas amigas após vomitar o tapete da sala e depois de cair em um sono profundo.

Quanto a Otávio, foi mais difícil. Ele era bastante tolerante ao álcool, eu já sabia por observá-lo em outras festas: era o primeiro a começar a beber e o último a terminar. Não se intoxicava com facilidade. A festa já se aproximava do fim, e ele ainda estava sóbrio como uma freira. Passei então a misturar bebidas destiladas na sua cerveja. Usei uma vodca russa de meu pai. A sua embriaguez tornou-se notória um pouco antes da festa acabar. Queriam levá-lo, mas eu não deixei. Prometi aos seus amigos que acordaria meus pais e o levaria, de carro, até o pronto-socorro para tratar sua bebedeira. Funcionou. Fiquei sozinha com ele e o levei para o quarto da empregada, que, nos fins de semana, voltava para sua família no interior. Por sorte, ele ainda caminhava. O mais difícil foi manter a ereção. Otávio falava coisas desconexas, sua respiração era entrecortada por gemidos, vomitou duas vezes. Mas felizmente consegui dele uma ereção compatível com o meu objetivo.

A tática se repetiu várias vezes com diferentes homens e com algumas variações. Para cada garoto, utilizava drogas diferentes, que se ajustassem ao porte físico. O desafio era manter o torpor e a ereção. Nem sempre funcionava por completo, mas os corpos sarados à minha disposição já me eram suficientes. O álcool e os hipnóticos zelavam pelo meu anonimato, pois enfraqueciam ou destituíam minhas vítimas de memória para o ocorrido. Quando isso não acontecia, o simples fato de acordar ao meu lado, na cama, pela manhã, e olhar para meu rosto amassado era suficiente para evitar que o a notícia se espalhasse. Passei então a não me interessar muito pelo flerte e sim pela estratégia farmacológica: hipnóticos, opiáceos, barbitúricos, antipsicóticos, benzodiazepínicos, anticonvulsivantes, todos faziam parte do meu arsenal. A faculdade de farmácia me deu subsídios para minhas intenções. Fiz doutorado em psicofarmacologia e ministrava aulas em várias universidades. Era então convidada para inúmeras festas, nas quais exercitava meu talento de predadora. As vítimas eram escolhidas após minucioso estudo. Observava sua personalidade, sua tolerância ao álcool, se tinham relacionamentos estáveis e se eram extrovertidos. Os tímidos não me interessavam.

Foi em uma dessas festas que conheci José Sérgio. Ele era diferente de todos os outros: míope, um pouco calvo e portador de abundante seborreia. Assim como eu, era feio e muito inteligente, PhD em física. Surpreendentemente, aproximou-se de mim. Fiquei estupefata e, de início, não soube como agir, apenas aceitei seu convite para um jantar. Ele era muito educado e solícito. Eu não estava acostumada com pessoas se aproximando sem segundas intenções. Ele também era professor, portanto, não precisava de notas, era bem articulado e discreto. Saímos várias vezes, e ele nunca fez sequer um comentário malicioso. Nada que eu pudesse identificar como um flerte, não tentou segurar minha mão, nada. Parecia estar interessado apenas nas minhas virtudes intelectuais. Elogiava meus artigos científicos, as palestras, meus conhecimentos em física e literatura – suas duas grandes paixões. Fomos a cinema, concertos, teatro. Ele parecia envolvido em um processo de enamoramento. Sabia de meus prazeres gastronômicos, meus escritores preferidos – e o pior: tudo era recíproco. Passei a pensar quase que só nele, no seu jeito de andar compassado e lento, suas sobrancelhas volumosas e o olhar minucioso que observava meu rosto sem desviar os olhos. Quando estava com ele, não pensava nos alunos e garotos apetitosos. A ave de rapina estava adormecida.

Meu interesse por José Sérgio tornou-se desejo. Seu tórax, suas pernas, seu corpo, apesar de pouco atlético, passaram a instigar minha volúpia. Nos fins de semana, a espera por seu telefonema me causava intensa ansiedade. Porém, não éramos nada além de bons amigos. Não havíamos sequer nos beijado, nem um carinho, um roçar de braços. No cinema, ele cuidadosamente mantinha-se distante de mim, nada além de apertos de mão. Então, compelida pelo mais ardente desejo, roubei um pequeno beijo de José Sérgio ao fim de uma noite agradável em que fomos ao circo. Ele esquivou-se de maneira histriônica, abriu os braços, pensei que fosse me bater.

— Mas o que foi isso?

— Um beijo.

— Mas nós não temos essa liberdade um para com o outro.

Além de feio, era louco. Que mal havia em um pequeno beijo? Coisa insignificante.

— Ei! Não precisas ficar tão zangado, eu...

— Não estás me entendendo? Tu me beijaste! — ele parecia indignado.

— E daí? Qual o problema? Nós estamos convivendo há três meses e ...

— Mas nós somos amigos.

Fiquei irritada e me joguei no seu pescoço, desferindo-lhe um beijo que não foi correspondido. Ele desvencilhou-se de maneira brusca.

— Ai! Tu estás me machucando.

— E tu estás me beijando.

— Escuta aqui, não há mal nenhum em nos beijarmos. Isso é normal entre duas pessoas que se gostam. Tu não gostas de mim?

— Gosto. Mas não é esse o problema.

— Qual o problema então?

— Sinceridade?

— Se possível.

Não vou repetir o que o imbecil me falou. Entrei enfurecida e quebrei todos os espelhos de minha casa. Passei a semana inteira febril. Não fui trabalhar. Chorava a todo momento. Pensei em morrer.

Recuperada, retornei à minha rotina e à rapinagem. Tornei-me uma caçadora compulsiva. Meus alunos passaram a me evitar, movidos, talvez, pelos boatos que corriam pela universidade. Buscava lugares onde não era conhecida ou passava despercebida. Com o tempo, já não me bastava sedá-los e tê-los, semi-inertes, entregues ao meu prazer. Passei também a sodomizá-los. Fui agredida e roubada inúmeras vezes. Meus critérios, que antes eram rígidos, ganharam frouxidão. Garotos musculosos deram lugar a homens de meia-idade solitários e decadentes, alcoolistas cirróticos, aposentados jogadores de bingo, taxistas sebosos. Frequentava boates suburbanas, botecos fétidos, bingos esfumaçados. Tornei-me, em poucos meses, parte da escória.

A saudade de José Sérgio era suportada com destilados. Encontrei-o duas vezes na universidade e, em ambas, ele me evitou. Cumprimentou-me à distância. Notei em seu rosto um grande constrangimento. Preferi não me aproximar. Foi então que, de forma inusitada, recebi seu telefonema numa sexta-feira de inverno. Convidou-me para o teatro, e não hesitei em aceitar. Durante o programa, José Sérgio tocou em minha mão esquerda duas vezes. A primeira para me chamar atenção para o palco no início da apresentação, e a segunda quando ofereceu sua mão direita para me auxiliar em um degrau mais íngreme. Após o término da peça, fomos ao seu apartamento para finalizar a noite com vinho do Porto. José Sérgio estava diferente. Havia nele algo que eu nunca notara. Fiquei confusa quando observei um sorriso malicioso ao me servir o vinho.

— Queria me desculpar contigo por aquela noite.

— Não foi nada, José Sérgio. Eu já superei.

— Eu vejo que sim. A julgar pelo que andam dizendo de ti.

— Como assim? — fiquei apavorada.

— Beba o vinho, Ester. Beba.

Bebi com sofreguidão. Acordei no dia seguinte ao lado de José Sérgio. Eu estava nua e uma sensação de umidade vinha de minhas pernas e de meu ventre. Toda minha intimidade ardia como fogo. Ao meu lado, delicadamente feio, José Sérgio ressonava, exaurido pela noite de volúpia. Olhei ao redor e uma câmera de vídeo ainda parecia funcionar. Beijei sua fronte e adormeci, relaxada e feliz.

# UMA VIAGEM

Não quero me recordar agora dos detalhes e do porquê eu fazia aquela viagem. Era verão, e a umidade, implacável. Noite sem lua e temperatura beirando os trinta graus. Fui o último a encontrar meu assento, pois precisei ir ao banheiro despachar as duas garrafas de cerveja que eu tomara para me refrescar e ter algum amortecimento. Ela estava sentada na janela com o bebê no colo. À minha esquerda, um homem corpulento transpirava. Eu descartara toda e qualquer possibilidade de conversa com alguém. Queria paz e, para isso, trouxera uma revista de esportes e outra de palavras cruzadas. Não olharia para os lados. Deitei o banco no máximo possível, estiquei as pernas e fechei os olhos buscando algum conforto. O ônibus sacolejou e, ao desenvolver velocidade na estrada, suas luzes internas foram desligadas. Um silêncio pairou, e decidi iniciar a leitura. Acendi a luzinha logo acima de minha cabeça, e a revista se iluminou. Uma brisa vinha de uma das janelas laterais e na diagonal, mas o vento fresco se misturava ao odor do vizinho encorpado. Tentei me concentrar na leitura e respirar pela boca quando a moça ao meu lado interveio:

— Moço, o senhor poderia desligar a luz? Meu bebê pode acordar.

— Claro, pois não.

Lá se foi meu passatempo. Não sei se minha irritação transparecera, mas ela em seguida emendou:

— Desculpe, moço. É que eu não quero que o bebê acorde. Vai que ele desata a chorar?

— Pois é. Melhor que não.

A luz dos faróis dos carros iluminava a moça por alguns segundos e com regularidade. Notei então que sua roupa puída revestia-se de certa dignidade. Seus cabelos eram longos, e usava calça de brim, camisa branca e tênis vermelho. Os seios opulentos denotavam estar repletos de leite. O cheiro que emitia lembrava infância e produtos para higiene de bebês. Resolvi apontar meu nariz para o seu lado.

— Eu vou até o Chuí, e o senhor?

Fiz um esforço para ser simpático.

— Eu não.

— O senhor vai para onde? Este ônibus para no Chuí, não?

— Para sim, mas eu vou mais além.

— Vou levar meu filho para os avós dele conhecerem.

— Ah, os seus pais?

Tive vontade de rir com a minha pergunta. Se eu não queria conversa, por que eu dava trela para essa garota?

— Não, meus sogros.

Fiquei quieto por alguns instantes. Minha intenção

era esfriar a conversa e chegar até a próxima parada sem um pio e, então, tomar uma bebida e dormir o restante do trajeto.

— Eles não sabem que eu estou indo para lá. Vai ser surpresa, entende?

— Sim, claro! Seus sogros vão adorar.

— É, vão sim.

De repente, se entristeceu e voltou seu rosto para a janela. Ficou em silêncio por um tempo e, às vezes, mexia na cabeça do bebê, que dormia sem sobressaltos. Fechei os olhos e busquei lembranças boas: uma bicicleta que ganhei em um natal longínquo; banana amassada com farinha láctea; sessão da tarde com bolinhos de chuva; a mãe colocando a mão sobre a minha testa para verificar se a febre cessara; um prato de queijo com goiabada...

Devo ter cochilado um pouco e acordei quando as luzes do ônibus reacenderam. Ela estava com o seio farto apontando para o rosto do filho.

— Ele não quer mamar, moço. Fica todo molinho e não mama, ó!

Da forma mais delicada possível, rebati um pouco o pano que envolvia a testa do menino e vi um bebê pouco vivaz. Olhos abertos, mas sem os gestos e expressões que eu esperaria de uma criança faminta.

— O senhor é casado?

Estranhei a pergunta. Aliás, a pergunta me desconcertou. O que ela pretendia? Arranjar um pai para o bebê?

— Sou casado, sim — menti, talvez ela desistisse desse assunto.

— Eu não sou mais casada. Meu marido fugiu com

outra. Disse que era uma namorada de infância, mas eu tenho certeza que ele se perdeu com uma mulher do serviço dele.

A moça ficou me observando em busca de palavras de conforto ou de algo que se somasse à sua indignação.

— O senhor gosta da sua esposa?

— Sim, nós vivemos bem. Temos dois filhos.

Não sei o que mais me causava estranheza: se minhas mentiras ou sua curiosidade.

— E querem ter mais filhos?

— Não! Dois filhos são suficientes — falei de modo enfático.

O ônibus freou, e o outro seio também ficou à mostra. Ela ajeitou para dentro da camisa lentamente, enquanto observava minha reação.

— Faz uns três meses. O senhor pode imaginar? Eu grávida e ele me abandona por uma chinelona. A gente vivia tão bem! Ele tinha até conseguido comprar um carrinho para o bebê. E olha que esses carrinhos são caros, nem sei de onde ele tirou o dinheiro... Um belo dia, ele comentou que tinha encontrado por acaso com uma namorada antiga e disse outras coisas dela que nem me lembro. Ele ficou umas duas semanas bem felizinho e depois se entristeceu e não tinha cristo que levantava o astral dele, então...

— Então?

— Não estou incomodando o moço com esse assunto?

— Não... Que é isso... Imagine... Pode falar.

É isso mesmo! Não queria mais parar de ouvir a história. Como posso ter sido tão volúvel? Logo eu, um mal-humorado de carteirinha, atento para aquela conversa.

Queria ficar só naquela noite e estava enredado em sentimentos piedosos.

— Então, numa manhã, ele levantou mais cedo, se perfumou todo e disse que iria trabalhar até mais tarde, fazer serão, essas coisas. Se despediu de mim com um beijinho. Desses que a gente bica na mão e põe na boca do outro... Assim, ó!

Tirou uma das mãos que segurava o menino, beijou alguns dedos e, em seguida, os estendeu até minha boca. Esperava que eu também "bicasse" os dois dedos que pairavam próximos aos meus lábios. Hesitou por alguns segundos e desistiu.

— Eu fiz a mesma coisa: não beijei — ela disse, voltando suas atenções para o bebê, que teimava em não sugar o mamilo róseo. Gotas de leite pendiam.

— No outro dia, ele mandou uma carta por um colega de trabalho.

— E o que estava escrito?

— Só o número de uma senha no banco.

— Mais nada?

— Nadinha.

O ônibus manobrou no estacionamento da rodoviária de Pelotas. Desci procurando o banheiro. Na saída, não a encontrei. Pensei que ela estivesse trocando fraldas e tomei uma dose de uísque sem gelo apoiado no balcão da lancheria. Quando terminava minha dose, ouvi sua voz às minhas costas:

— Me dá um golinho?

Bebericamos em silêncio e, quando girei para pedir outra dose, nosso ônibus fazia menção de retornar à estrada. Paguei rápido a conta e notei que estava sozinho. Ela devia ter voltado para o ônibus sobressaltada. Entrei e procurei meu banco. Acho que pelo uísque ou porque tinha a moça como referência, eu passei reto pelo meu assento, demorando uns segundos para me orientar e retornar para minha fileira. A criança estava atravessada nos dois bancos, e nada da garota. Julguei-a pelo desleixo. Como pode? Deixou a criança sozinha! Sentei-me no pouco espaço que sobrara e aguardei com ansiedade. Olhei para os lados e todos os bancos já tinham sido ocupados. Só restava ela lá fora? Fiquei sem saber o que fazer. O bebê não se mexia. Levantei com cuidado o pano branco que cobria a cabeça da criança e mexi nele uma, duas vezes, a terceira foi com intensidade. O menino estava morto. Respirei fundo e me debrucei sobre o banco da frente. A porta do ônibus foi fechada e, então, dei um salto.

— Parem! Parem o ônibus! Essa criança...

Tomei-me de verdadeiro pânico. Queria fugir. Corri pelo corredor e forçava a porta que dava acesso ao compartimento do motorista. Fui abordado pelo senhor corpulento e mal cheiroso.

— Calma, moço! O que está acontecendo?

— A moça... O bebê... Está morto.

— Não está não. Estava dormindo e acordou. Veja!

Levaram-me até meu lugar e constatei: aquele corpo sem vida agora tinha movimento. Bocejava e esfregava as mãozinhas em torno dos olhos e da face rosada.

— A mãe está no banheiro do ônibus. Entrou antes do senhor. Ela pediu para eu dar uma olhada no bebê por ela.

— Mas...

— Calma, moço! O senhor bebeu? Quem sabe a gente espera e o senhor toma um café na lancheria?

— Não, vai atrasar a viagem de todo mundo.

Levantei meu rosto e todos os passageiros me encaravam. Senti-me como um descontrolado que necessita de cuidados. Talvez fosse isso que estivesse acontecendo.

— Está bem. Vou descer um pouco e tomar um café. Ou melhor, vou ficar em Pelotas mesmo.

O motorista já estava do meu lado e não me estimulou do contrário.

— Se o senhor quiser, eu posso contatar a empresa. Tem lugar no próximo ônibus.

— Sim, por favor. Faça isso... Se não for incômodo.

Desci cambaleante e, do lado de fora, enquanto pegava minha bolsa do bagageiro, pude ver que explicavam para a garota o acontecido. Olhei para o lado, em direção à estrada. Uma vergonha impensável tomou-me de assalto. Estremeci. Apanhei com pressa minha bagagem e coloquei minhas mãos no bolso em busca de trocados para o café reanimador. Antes do ônibus arrancar, olhei a moça me abanando. Seu rosto não tinha tensão. Beijou a ponta do dedo indicador e o grudou na janela. Girei sobre meus tornozelos e disparei para o balcão da lancheria.

# A DECISÃO

Ademir limpou a faca e perguntou ao irmão:

— Vai jogar no domingo ou não vai?

— Tô pensando — disse Ademar.

— Ainda não melhorou do joelho?

— Não é o joelho, é a Clarinha. O sobrinho vai fazer a primeira comunhão.

Ademir acendeu um cigarro e soltou a fumaça lentamente.

— Porra, Ademar. Primeira comunhão!

— Domingo de manhã. E o pior é que eu fiquei de assar o churrasco.

Ademir acomodou a faca sobre uma mesa de centro, entre as poltronas e o sofá da pequena sala de estar. Era de aço, cabo perolado e com marcas na lâmina deixadas pelo amolador.

— Mas qual é o problema? O jogo termina antes do meio-dia.

— Tu conhece a Clarinha. Ela é foda!

— Sei... E a sacola? Onde é que tá?

— Tá aqui. Já terminou?

— Calma! Vamos esperar mais um pouquinho... E se eu falasse com a Clarinha? Da outra vez, não teve problema. Ela entendeu.

— É, mas era por motivo de trabalho. Ela detesta futebol. Diz que todo domingo é a mesma coisa: futebol, churrasco, cerveja...

— Tu também, volta pra casa sempre bebum.

— Ah! Não enche. Parece a Clarinha.

Ademir nasceu primeiro. Doze minutos depois, Ademar veio à luz. Todos diziam que os dois formavam a melhor dupla de zagueiros da várzea. Causavam impacto: iguais na aparência, largura e severidade com que tratavam os atacantes adversários.

— Domingo é decisão, Ademar.

— Pois é... E então, esperamos mais um pouco?

— Me dá um cigarro. Acho que vou me sentar.

— Ali, ó Ademir. Esse cara nem respira mais.

— Espera mais um pouco. Lembra daquele filho da puta do Rubinho?

— O Rubinho era gordo pra caralho. Esse daí é magrinho.

— É, mas forcejou uma barbaridade.

Time em que os gêmeos atuavam chegava sempre às finais. Empilharam conquistas nos últimos anos. Apenas em duas oportunidades deixaram de vencer, mas boatos davam conta de que estavam engavetados. Em oitenta e sete, os carros de ambos apareceram com rodas novas e, em noventa e um, fartaram-se na lancheria do dono do time adversário durante três meses.

— Deixou o carro onde, Ademar?

— Aí em frente.

— Porra, cara. Desse jeito, vamos nos ferrar!

— Qual é o problema?

— Todo mundo conhece o nosso carro.

— Foda-se o carro. Mas o que é que esse cara fez? — perguntou Ademar.

— Não tô lembrado. Acho que ele deixou de pagar o Maneca. Ou foi o João Catarina que pediu o serviço? Sei lá! Não foi contigo que combinaram?

— Não.

O líquido viscoso escorria pelo assoalho da sala. Manchava de vermelho um pelego que servia de tapete e aproximava-se das poltronas.

— Vai estragar o sofá — disse Ademir.

— Cago e ando pro sofá. Mas quem é esse cara afinal?

— Ele não tem documentos?

— Com ele, não. Vou dar uma olhada por aí.

Ademir continuou sentado, fumando. Levantou os pés quando pressentiu a aproximação da grande mancha vermelha.

— Achou alguma coisa, Ademar?

— Nada. Esse cara não me é estranho.

— Sabe quem tá jogando no Mangueirinha? — indagou Ademir.

— Quem?

— Aquele tal de Chumbinho.

— O Chumbinho da Vila Safira?

— Esse mesmo.

— É bom jogador. Tem que tomar cuidado com ele.

— Já cuidei disso.

— Então, não precisa de mim no domingo — disse Ademar com certa indignação.

— Pra falar a verdade, não.

Ademar, irritado, buscou a porta, querendo ganhar a rua.

— Vamos embora. Esse daí já tá ferrado mesmo.

Perto da saída, os gêmeos ouviram um gemido.

— Ademir, o cara ainda tá vivo.

— Guardou a faca?

— Eu vi um galão de querosene lá na garagem.

— Boa ideia!

Ficaram em silêncio dentro do carro, observando as labaredas altas e o fogo tomando conta da casa.

— Ademar?

— Que foi, Ademir?

— Bonito o fogo, não?

— E a faca?

— Eu dei ela pra ti, não dei?

— Acho que não.

Os dois olhavam o incêndio e os vizinhos tentando apagá-lo. Sirenes de bombeiros.

— Porra, era a minha melhor faca.

— Não vai me dizer que usa ela pra fazer churrasco.

— Pois é...

— Xi! Fudeu! Acho melhor tu jogar a decisão.

— A Clarinha vai me matar.

# UMA SEMANA NO ROSA

Marcos lia em sua cadeira de praia à sombra de um guarda-sol. Ele e Marina estavam a poucos metros da pequena barra que ligava a lagoinha ao mar. Ela deitada de bruços em uma esteira de palha tentando dourar sua tez leitosa.

— Passa o protetor solar em mim, Marcos?

— Minhas mãos estão cheias de areia, Marina.

— Lava as mãos na lagoa.

Ele levantou contrariado. Enquanto se banhava, pensou no churrasco por fazer. Teria que encontrar carne de gado decente onde só havia peixarias. Com as mãos já secas, despejou grande quantidade de protetor solar na mão direita, ajoelhou-se e, sem nenhuma leveza, começou a operação.

— Detesto quando tu faz as coisas de má vontade — ela disse.

Ele nada respondeu.

— Tu vai mesmo fazer churrasco?

— Qual o problema?

— Onde vai assar? Não tem churrasqueira por aqui.

— Eu improviso.

— Teimoso!

— Não aguento mais comer peixe.

— É mais saudável.

— Mas também não é saudável ficar torrando ao sol neste horário.

— Não enche o saco, Marcos.

— Pronto! Quer que eu passe nas pernas?

— Não precisa. Nas pernas, eu alcanço.

Ele sentou novamente e retornou ao seu livro. Estava indisposto. Talvez tenha sido a cerveja da noite anterior ou ainda a discussão que tiveram antes de dormir. Por bobagens discutiam. Sempre fora assim. A ejaculação precoce também não ajudava, mas com ninguém mais isso acontecia. Por que só com ela? Acendeu um cigarro e, quando iria dar a segunda tragada, um menino se aproximou correndo e muito angustiado:

— Socorro! Me ajuda! Lá na lagoa!

— O que foi, garoto?

— Meu primo, ele tá se afogando!

— Onde ele tá?

— Lá no meio da lagoa, tio! Olha! Pega minha boia.

Marcos olhou para a lagoa e enxergou braços que se debatiam. Era uma distância razoável, mas possível de ser alcançada até mesmo por um fumante sedentário. O garoto estendeu uma boia. Era de plástico e um pouco murcha. Tinha desenhos de patos, tartarugas e golfinhos. Marcos colocou a boia em torno de seu braço direito, olhou para Marina, que lhe fitava apavorada, e se lançou nas águas tépidas da lagoa. Deu várias braçadas e, quanto mais tentava aproximar-se do local almejado, mais a água turvava-se e parecia ficar mais pesada. Sentiu que também ele afundava. Parou para descansar e, arfante, notou que a distância entre a areia e o garoto se afogando não era tão pequena, tampouco fácil de ser alcançada. Juncos prendiam-se em suas pernas, que latejavam. Seriam os mesmos juncos que se enredaram no pobre garoto? E quando alcançasse seu objetivo, quem garantiria que o apavorado menino não se agarraria a ele e ambos, pesados e fatigados, não sucumbiriam para dentro daquelas águas escuras? Marcos, mesmo assim, continuou e conseguiu chegar bem próximo. Exausto, jogou a boia na direção de quem se debatia.

— Toma a boia, te salva!

Os movimentos agonizantes de braços do garoto formavam pequenas ondas de espuma, impedindo que a boia chegasse até onde Marcos queria. Ele ficou olhando a patética boia quase murcha retornar para perto de seu corpo.

— Calma, garoto. Eu vou te salvar!

Ouvia Marina gritando da beira. Seriam palavras de incentivo ou ela pedia a ele que voltasse? Marcos passou a ter dificuldades para se manter sem afundar. O arquejo das pernas tornara-se dor. O fôlego ia escasseando. A boia murchara de vez e ficara flácida, atrapalhando seus movimentos. O garoto então afundou.

— Oh! Meu Deus! Força, menino! Vim te buscar!

Ele com certeza não ouvia. Não gritava. Estava apenas tentando se manter respirando e com a cabeça fora da água. Marcos nadou até ele e chegou ao alcance dos seus braços no mesmo momento em que o garoto veio à tona. Enxergou o rosto marcado pelo pavor e pela falta de oxigênio.

— Eu vou te ajudar!

Marcos se mantinha balançando freneticamente braços e pernas. Não conseguia sair do lugar. Teria que tomar uma decisão imediata: se aproximar e abraçá-lo, nadando com ele até a margem com o risco dos dois se afogarem, ou nadar de volta e decretar o afogamento com sua desistência. O que diria para Marina? O que diria para o outro menino que pediu ajuda estendendo-lhe a boia de plástico furada? Não havia tempo para indecisões. Cãibras surgiram nas pernas enleadas pelos juncos quando ele tocou em uma das mãos do garoto.

— Eu tô aqui! Fica tranquilo!

Foi puxado para o fundo. A água escura tornou tudo sem luz e sem ar. Tentava desvencilhar-se do desesperado que se afogava, puxava seu calção e o arranhava. Levou um joelhaço no tórax e percebeu que ele, Marcos, também teria que buscar uma forma de se salvar. Reuniu forças e empurrou o garoto, distanciando-se um pouco, mas, devido à escuridão e ao desespero, em vez da superfície, mergulhou mais ao fundo da lagoa, onde os juncos eram espessos e duros como troncos petrificados. Orientou-se pela discreta luz solar e deu meia-volta, conseguindo atingir a superfície, respirar e enxergar algo se aproximando. O alívio durou um segundo. Seu pescoço foi agarrado pelo garoto e tornaram a submergir. Agora, lutavam como dois animais ameaçados pela morte. Marcos ainda teve forças para segurar as mãos do garoto e empurrá-lo para baixo. Ao subir, notou que a cabeça do oponente estava um pouco abaixo de seus joelhos. Tomou impulso e chutou o rosto dele com a sola de seu pé esquerdo, jogando-o para o fundo da lagoa. Quando conseguiu respirar de novo, dois surfistas lhe ofereciam uma prancha.

— E o outro, onde é que tá?

— No fundo... Eu não consegui... Ele tá no fundo.

— Puta merda!

— Busca ele, vai... Eu não consegui.

— Não dá, cara.

— Porra, ele vai morrer!

— Não dá... Ele já tá lá no fundo faz um tempão.

Marcos deitou-se de costas na areia. Estava relaxando apesar de recém ter recuperado o fôlego. Tentou levantar, mas era impossível. Suas pernas não respondiam. Marina se aproximou e aparentava tranquilidade.

— Descansa, meu amor. Depois, vamos embora pra pousada, está bem?

— Concordo. A praia perdeu a graça.

Quando conseguiu caminhar, arrumaram lentamente suas coisas e deixaram a praia. A pousada ficava acima das dunas, em uma elevação. Os chalés distribuíam-se ao longo de um pequeno platô na encosta do morro com vista para o mar e a lagoa. Marina escolheu um chalé em cujos quartos se visualizava a lagoinha, que se comunicava com o mar na maré alta.

— Tu te importa se assarmos a carne no forno?

— Não. Não me importo.

— E pode ser frango em vez de gado?

— Pode, Marina. Pode ser o que tu quiser.

Da janela do banheiro, enquanto tomava uma ducha,

Marcos observou mergulhadores tentando resgatar o corpo do garoto. Depois do banho, fez uma caipirinha e fumou alguns cigarros. Marina serviu frango com batatas.

Após o almoço, Marcos retirava a louça da mesa e falou:

— Eu piorei as coisas. O garoto poderia ser salvo, mas não por mim.

— O quê?

— Eu não devia ter bancado o herói.

— O que tu tá dizendo? Tu foi um herói!

— Que tipo de herói empurra uma pessoa se afogando para o fundo?

— Não diz isso. Tu foi o único que tentou alguma coisa. Aqueles surfistas ficaram só olhando. Tive que gritar muito para eles se mexerem.

— Não tenta me agradar. Tu não leva jeito pra isso.

— Grosso!

Marina levantou-se e foi fumar um cigarro. Em um dos quartos, havia uma pequena sacada, que dava para a lagoa. Marcos a encontrou sentada no parapeito de madeira.

— Desculpa, eu não fui legal contigo...

— Eles ainda não encontraram o garoto — disse Marina.

— Essa água é escura. Se enxerga muito pouco lá embaixo.

Marina fez um carinho no rosto de Marcos.

— Tu achou que ia morrer, não?

— Sim, achei. O que eu fiz foi bastante estúpido.

— Não faria de novo?

— Não, claro que não. Eu ficaria olhando, como os surfistas.

— E se eu estivesse me afogando?

— Não começa, Marina. Eu tô cansado...

— Não iria me buscar... Lá no fundo?

— Marina, eu quase morri afogado, por favor...

Ela desceu do parapeito e esmagou o cigarro com o pé direito.

— Droga! Eu só quero conversar contigo e te agradar. Custa brincar um pouco e dizer que afundaria comigo naquela merda de lagoa?

— Tá legal! Eu afundo contigo em qualquer lugar. Satisfeita?

Antes dela retrucar, um grito veio da lagoa. Os mergulhadores haviam retirado o corpo da água, e uma mulher chorava de forma desesperada. Foi solta pelos homens que a seguravam e abraçou o garoto como uma mãe abraça seu filho morto: beijava e alisava a cabeça inchada do afogado.

— Meu Deus! Que coisa mais triste.

— Acho melhor irmos embora desta praia.

— Como assim, ir embora? Eu reservei uma semana nesta pousada, lembra? São as nossas férias!

— Eu sei, mas...

— Mas o quê? Tá preocupado com alguma coisa? Foi o afogamento? É isso?

— E seria o quê? Não acha que é razão suficiente?

— Tá tudo resolvido. Acharam o corpo do menino. Tu tentou salvá-lo, mas não conseguiu. Não fica te penitenciando.

— Marina, tu não entendeu ainda? Eu tentei salvá-lo e acabei fazendo com que ele se afogasse.

— Não diz isso — ela levou a mão direita em concha

sobre a boca de Marcos. — São as nossas férias, lembra? Há muito tempo planejamos uma semana no Rosa.

— Eu sei, mas...

— Psiu! Vamos pra dentro.

Os dois foram para o quarto, mas, antes de Marina dar-se por satisfeita, Marcos acendeu mais um cigarro.

Enquanto o casal assistia televisão, ele na rede estendida na sala e ela em uma cadeira de vime, uma voz interrompeu a programação local para anunciar que o garoto morto na lagoa do Rosa havia sido identificado. Os dois se olharam, e Marina se levantou para buscar uma cerveja.

— O que eles querem dizer com isso? — perguntou Marcos.

— Isso o quê?

— Essa história de garoto morto.

— Uma pessoa morreu afogada, eles gostam de dramatizar as coisas.

O locutor descreveu a história toda e a tevê mostrou uma fotografia do garoto. Era um filho de pescador do local. Havia, ainda, cenas do velório e um breve depoimento do pai:

— Tomara que o responsável por essa barbaridade seja preso.

A câmera ainda mostrou um close da mãe chorando e cobrindo o rosto com as mãos.

— Eu não te disse que fiz uma burrice, Marina? Hein?

— Mas o que é isso? Eles não podem afirmar uma coisa dessas.

— Eu vou até a polícia.

— Não vai coisa nenhuma. Tu não fez nada de errado. Não há acusação e ninguém veio conversar contigo.

— Então, vamos embora. Eu não quero mais ficar nesta praia.

Marina acendeu um cigarro e tomou a lata de cerveja da mão de Marcos.

— Te acalma, meu amor. Ninguém sabe que estamos aqui. Tudo foi muito rápido.

— Mas eu não preciso me esconder. Eu não matei aquele garoto, eu só...

— Fica quieto, Marcos! Eu já te disse pra esquecer. Nada vai fazer com que o garoto retorne.

— O que tu tá dizendo? Que história é essa?

— Eu sempre vou estar do teu lado — ela disse.

Eles ouviram gritos do lado de fora do chalé e uma pedra quebrou o vidro que dava para a varanda. Alguns metros adiante, pessoas posicionavam-se de forma ameaçadora.

— Eu não te falei para irmos embora? Olha que merda que tudo isso virou. Eles acham que eu sou um assassino.

Dois homens de óculos escuros tomaram a frente dos nativos e bateram na porta do chalé.

— Abram, por favor. É a polícia.

Marina abriu a porta preocupada com a intimidação.

— Podemos nos sentar? — quem perguntou parecia ser o chefe. — Eu sou o delegado Santos. Precisamos conversar com o senhor Marcos.

— Estou aqui, delegado. Onde sempre estive.

Marina, nervosa, arrumou a sala, retirando as latas de cerveja vazias.

— Não se preocupem com o pessoal lá fora, está tudo sob controle.

— Espero que sim. Faz parte do seu trabalho, não?

— É a parte mais emocionante, aliás, fazia tempo que eu não me emocionava tanto.

— O senhor também acha que eu...

— Eu não acho nada! Estou aqui para informá-lo que deverá se apresentar na delegacia amanhã cedo.

— Posso saber por quê?

— Claro! O garoto que morreu afogado tinha uma fratura no nariz e ela é bem recente.

— O que o senhor quer dizer com isso?

— Guarde-se, senhor Marcos. Não vim até aqui para interrogá-lo, apenas para protegê-lo. Um brigadiano à paisana — o delegado apontou para o homem que o acompanhava — ficará em frente ao seu chalé até amanhã. Não se preocupe.

Marina, demonstrando indignação, argumentou:

— Ele tentou salvar o menino. Está sendo acusado por causa disso? Isso é uma insanidade!

— Olha, senhora...

— Marina, e eu não sou senhora. Ainda não sou casada.

— Senhorita Marina, tudo acabará bem. Não foi o primeiro filho de pescador que morreu afogado nessa lagoa, nem será o último, mas é a primeira vez que algum maluco tenta ajudar.

— Que história é essa de maluco? — perguntou Marcos.

— Essa lagoinha paradisíaca onde as famílias com suas crianças se banham pode chegar até cinco metros de profundidade, ali mesmo onde o senhor tentou resgatar o garoto. Para falar a verdade, vocês estavam infringindo a lei tomando banho em lugar proibido.

— Era só o que me faltava!

— Provavelmente, algum outro menino tenha desafiado para atravessar a lagoa a nado, mas abandonou a ideia. Nesse tipo de situação, é como em uma guerra: morrem primeiro os mais afoitos e os mais estúpidos.

— E onde estavam os salva-vidas? — ela perguntou.

— Hora do almoço.

— E quanto ao pessoal lá fora? Eles estão furiosos.

— Eu cuido deles. Já mandei chamar o primo do garoto que morreu. Ele andou dizendo por aí que lhe emprestou uma boia.

— Uma boia furada — disse Marcos.

— A boia foi encontrada. Conversei com os surfistas também. Eles o consideram um herói.

— Eles são uns covardes.

— Esses covardes salvaram seu marido.

— Marcos não é meu marido.

— Desculpe, é que vocês parecem um casal em lua de mel — o delegado Santos deu um sorriso irônico. — Bem, eu vou andando. Eu aguardo o senhor amanhã, certo?

O homem que acompanhava o delegado posicionou-se em frente ao chalé com cara de poucos amigos. Ao anoitecer, já não havia mais ninguém intimidando o casal.

— Marina, por que tu fez questão de dizer que não era minha esposa?

— Ah! Marcos, sei lá!

— Que coisa desagradável.

# MOCORONGO

O Mocorongo sobrevivia com quase nada: pão dormido, arroz frio em alguma lata de lixo, resto de xepa. O troco pra cachaça vinha da esmola. No barraco, se arranjava com um colchão velho de palha e uns trapos pra vestir. E a criançada maltratando: “Mocorongo! Chinelão!”.

O coitado chutava o ar e caía de quatro. E a pirraça dos meninos crescia: “Pé de cana!”.

A cachaça tirou tudo dele. O resto ficou por conta do Mocorongo mesmo. Nunca parou em emprego. Subia numa crista que patrão nenhum aguentava. Uma vez, morou com um invertido lá na Maria Degolada. O cara colocou ele pra fora também. Bebia canha feito bicho. Ninguém segura a onda, não! Tinha vez que aparecia todo estropiado, numa fedentina que Deus me livre. Pedia uns trocados, um resto de comida que a gente oferecia por dó e caridade e também pra se ver livre do encosto. Umas três vezes, amanheceu surrado, todo roxo de apanhar não sei de quem. Decerto, alguém que via o Mocorongo torto e queria barbarizar. Não sei como ele nunca quebrou a cabeça, caindo e levando porrada daquele jeito. No pronto-socorro, já conheciam, tinham meu número lá e ligavam pra eu ir buscar. Na última, nem precisou anestesia, me disse a enfermeira, de tão bêbado.

Eu até que tinha atenção pra ele. O resto do pessoal aqui no morro não queria nem saber. É que a coisa não é fácil. A meninada cedo já ganha o rumo da ruindade. Doze, treze anos e tu vê eles com um tresoitão e arrepiando. Metem ônibus, escola, mercadinho. A polícia até pega, mas solta logo. É tudo de menor! Berram que nem gente grande e atiram mesmo. Não dá pra vacilar! Eles não metiam muito a mão com o Mocorongo porque tinha neguinho que ia se esconder no buraco dele, faziam um tempo por lá, sabe como é... Levavam canha pra ele e estamos conversados. Foi numa dessas que um meninão se deu mal e tomou uns balaços na porta do Mocorongo. Bateu com as canelas! O bagulho ficou ali, do lado, junto com o tresoitão. O Mocorongo achou melhor guardar em alguma lata pra passar nos trocos depois.

Foi aí que a merda toda começou.

Ele sempre tentou comprar fiado, mas lá no seu Geraldo não conseguia lhufas. O Galego é casca grossa! Pode ter sido isso daí. Não tem outra explicação.

Quem mais peleava com o Mocorongo era o filho do Galego. O garoto tinha o seu respeito no morro. Sabia mexer nos livros e nas calculadoras. E chutava o Mocorongo de dentro do mercadinho que nem a gente toca cachorro: "Sai, cachaceiro, sai que não tem fiado pra ti". O Mocorongo saía, mas daquele jeito, trocando as pernas, falando sozinho, mexia os braços como se tivesse surrando o filho do galego.

Pois o Galego, no sábado, fica aberto até quase de madrugada. No movimento, o filho dele acodia atrás do balcão. Corria a notícia de que quem custeava a faculdade de guarda-livro do Galeguinho era o João Catarina, o homem da viração aqui no morro. Virou, mexeu, tudo passa pela mão dele. Então, naquela noite, o Mocorongo chegou e pediu um martelinho. O rapaz serviu a cachaça porque eu fiz menção de pagar e eu tenho fama de homem que paga as coisas. Logo ele ficou goleado e começou a falar sozinho e a mexer com o Galego. Dizia que ele era um merda e que o filho era puto. Coisa de bebum xarope, mas o Galeguinho quis jogar o Mocorongo pra fora. Até aí, tudo bem, o Mocorongo era chato mesmo, mas o rapaz era meio metido e deu uma rasteira, derrubando o coitado no areão em frente ao mercado. Ninguém curtiu aquilo, não. E o seu Almeida, que sempre foi respeitador, disse: "Ô guri! Não judia do gambá!". O galeguinho ficou na dele, atrás do balcão. Continuamos com nossa sinuca e tomando nossa cervejinha, quando veio o Mocorongo todo sujo de merda, que ele devia ter caído em algum esgoto. Tinha um tresoitão na mão. Balançava aquele bicho, girando pra tudo quanto é lado: "Cadê aquele Galego filho da puta?".

Tentei passar uma lábia no Mocorongo: "Que é isso, Mocorongo? Larga isso daí que não é brinquedo!".

"Cadê o Galego?".

Olhei pro chão e todo mundo agachado, embaixo das mesas, mas o Galeguinho, que ia ser doutor e guarda-livro, não. Saiu detrás do balcão pra desarmar o Mocorongo.

"Me dá isso aqui, gambá de merda!".

Eu, que sabia que o bicho funcionava, falei: "Olha que desse tresoitão sai fogo!".

"Fogo, porra nenhuma", disse o galeguinho.

"Cadê o Galego filho da puta?", o Mocorongo não desistia. O pai então lembrou o rapaz do perigo: "Saí daí, meu filho. Ele tá armado!".

Por ter sido o pai que falou ou porque viu que a coisa podia engrossar que o garoto deu um passo atrás. Então, o Mocorongo olhou bem pra ele e disse: "Era tu mesmo que eu queria".

E eu bem na frente do Galeguinho. Olhei pro rosto dele quando o Mocorongo atirou. Eu me arrepio só de contar. Os olhos dele se esbugalharam, assim ó... O balaço atravessou o peito do meninão. O galego gritava: "Socorro! Meu filho!". A gente nem sabia o que fazer. E o Mocorongo na dele, quieto. Olhava pro revólver com cara de bobo. Até que largou a arma no chão. O rapaz cuspia sangue. Demorou um pouquinho pra morrer. E o pai ali, do lado. Desesperado, com falta de ar, as mãos cheias de sangue do filho. Triste, muito triste! De repente, não sei de onde, apareceu um brigadiano e perguntou quem tinha feito aquilo. Todo mundo disse que foi o Mocorongo.

O brigadiano juntou a arma do chão com um guardanapo e não perdeu tempo: "Cadê o elemento?".

"Tá ali, no balcão", eu falei.

O Galego chorava abraçado no filho, mas conseguiu gritar: "Foi aquele desgraçado ali que matou meu filho".

O Mocorongo, com um copinho de martelo na mão, derramou um pouco de canha pro santo e disse: "Galego, filho da puta! Hoje, eu bebo fiado".

# ANEURISMA

Ele se dirigia ao trabalho. Sonolento, ouvia as notícias no rádio enquanto organizava a sua agenda mentalmente. Na terceira sinaleira após dobrar a esquina de sua casa, na parada de ônibus, observou uma moça bastante atraente. Ela aguardava um coletivo. Vestia um tailleur verde-claro, mantinha os cabelos presos e carregava uma bolsa e uma pasta de trabalho. Eles trocaram olhares, e Gustavo notou um certo interesse por parte da moça. Os dois sorriram com cumplicidade, e o sinal abriu. Gustavo fez a volta na primeira rua à direita, contornou e refez o trajeto até chegar à sinaleira de novo. Encostou na parada, abriu o vidro elétrico e perguntou:

— Quer uma carona?

Ela olhou para os lados e para as pessoas que junto com ela aguardavam o ônibus. Nisso, começou a cair uma garoa fina. Ela não trazia consigo nenhuma proteção contra a chuva. Foi até a janela do carro e aproximou seu rosto.

— Estou indo pro trabalho. Fica no centro. Não é contramão pra ti?

— Não, passo por lá. Entra! Essa chuva vai engrossar.

Ela ergueu o rosto e sentiu as finas gotas desfazendo de leve sua maquiagem.

— Ok! Vamos lá!

Abriu a porta do carro e entrou. Gustavo pensou em aproveitar cada momento. Iria com vagar. Tinha como objetivo arrancar um número de telefone.

— Meu nome é Gustavo, e o teu?

— Beatriz.

— Onde é que tu trabalha?

— Na Doutor Flores. Pode me deixar na esquina da Otávio Rocha que eu fico bem.

— Ótimo!

Gustavo estava contente. Isso nunca havia lhe acontecido. Sempre fora um pouco tímido e nunca tivera muita coragem para um flerte como aquele. Tomar esse tipo de iniciativa era raro. Talvez na noite, com algumas doses na cabeça.

— Parece que o tempo não vai nos dar trégua. Essa chuva fica até o fim de semana — disse Gustavo.

— Eu gosto de tempo assim. Fico em casa lendo e estudando.

— Estuda o quê?

Ela não respondeu. Gustavo se distraiu com a direção e, quando pensou em perguntar novamente, ela tocou em seu braço.

— Desculpa! Acho que não estou passando bem.

— Como? — Gustavo estacionou.

— Eu... Uma dor horrível na cabeça...

— O que foi? Algum problema?

Ela tentou colocar a mão direita sobre a fronte, mas não conseguiu. Seus braços começaram a tremer, a boca entortou e ela não conseguia falar. Olhou para Gustavo com um misto de horror e pedido de socorro. Suas pernas também tremiam. Gustavo tentava segurá-la, mas era inútil. A crise durou quase meio minuto até a cabeça dela cair em seu ombro direito e cessarem os tremores. Seus lábios arroxearam. Por instantes, Gustavo ficou paralisado. Olhou pelo espelho retrovisor como se procurasse ajuda de algum pedestre. A avenida não havia parado. Ninguém notara o ataque de Beatriz. "Foi uma convulsão", pensou. Já havia assistido uma parecida com um colega quando foi enfermeiro no exército. Bastava observar para que ela não se machucasse e esperar o seu restabelecimento. Ela iria acordar um tanto constrangida, e ele a levaria até um hospital. Ajeitou-a na poltrona e ficou atento à sua respiração. Nada! Ela parecia não estar respirando. Gustavo procurou o pulso no braço esquerdo. Nada! Estava com os olhos semiabertos a enxergar o vazio. Deitou a orelha direita sobre o peito dela. Nada! Estava morta? Um espelho. Precisava de um espelho. Nervoso, Gustavo abriu a bolsa de Beatriz e pegou um pequeno estojo. Era onde ela guardava batom, rímel e uma caixinha com um espelhinho acoplado em uma das abas. Aproximou o espelhinho do nariz dela. Nada! Com certeza, ela não respirava. Arrancou o carro, desviou de pedestres e atravessou um sinal vermelho. Dobrou a primeira esquina, procurando uma rua deserta, e freou de maneira brusca. A cabeça de Beatriz pendeu para frente e depois para trás. A boca escancarou-se e os olhos ficaram abertos. Gustavo delicadamente a recompôs. Observou-a mais de perto e certificou-se de sua beleza. Morena, de pele muito clara, sobrancelhas finas, nariz pequeno, lábios grossos. Ele limpou o filete de saliva que escorreu de sua boca durante a convulsão com um lenço de papel que retirou do porta-luvas. Olhou suas coxas e notou que ela também havia se urinado. Ligou para um primo, plantonista do pronto-socorro.

— Alô, Renato. Tudo bem?

— Fala, Gustavo!

— Seguinte, cara. Uma colega aqui do meu trabalho tem uma sobrinha que morreu ontem à noite. A guria tava em casa tranquila e, de repente, teve uma puta dor de cabeça, se tremeu toda e morreu. O que é que pode ter acontecido?

— Ela era jovem?

— Não tinha trinta anos.

— Começou com uma forte dor de cabeça, é?

— É. De uma hora pra outra.

— Deve ter sido um aneurisma que rompeu.

— Um o quê?

— Um aneurisma. A moça nasceu com uma artéria malformada no cérebro. Um belo dia, essa artéria vai e estoura. Começa com uma dor de cabeça intensa e súbita.

— E pode ter convulsões?

— Pode sim. Tu não falou que ela se tremeu toda?

— Tremeu e se urinou também.

— Ela tinha pressão alta ou tomava algum remédio?

— Sei lá! É que eu queria tranquilizar um pouco minha colega. Ela tá muito nervosa.

— Sei.

— Mas valeu! Quando vamos tomar aquela cerveja?

— É só ligar, parceiro.

Gustavo retornou ao seu pesadelo. Uma mulher que não conhecia estava morta ao seu lado. Lembrou do seu trabalho e dos compromissos. Ligou para a repartição e disse que estava doente. Avistou um shopping center. Estacionou em um lugar com poucos carros no entorno. Abriu a bolsa de Beatriz. Vasculhou tudo. Buscava informações a respeito dela. Seriam necessárias quando o interrogassem. Na pasta, havia documentos contábeis: planilhas de custo, orçamentos, contas a pagar e uma agenda sem reuniões ou compromissos marcados para a data. Talvez fosse uma executiva, ou secretária. Sua bolsa continha o básico: o já mencionado estojo, balas, um vidro de perfume, canetas e uma carteira que continha seus documentos, cartões de crédito, algumas folhas de cheque e parcos reais em dinheiro. Analisou melhor o corpo. Seus dedos tinham discretos anéis e nenhuma aliança. Era solteira, provavelmente. Sem indícios de ter filhos ou morar com alguém. Por certo, era sozinha como ele, com a diferença de que ela era muito bonita e ele sempre se considerou feio.

Decidiu ficar alguns minutos estacionado. Se a levasse para um hospital, teria que explicar como ela tinha ido parar no seu carro. Um familiar seria chamado. Não queria contato com o passado dela. Ficou pensando o que aquela carona poderia ter proporcionado a ambos. Ela se interessara por ele. Flertou com ele. Não o desconsiderou. Entrou no carro sem titubeios. Dali a alguns dias, jantariam em um bom restaurante. Quem sabe ele a convidasse para um almoço de domingo com seus pais. Transariam na mesma noite? Gustavo aproximou seu rosto do pescoço dela e sentiu seu perfume. Olhou para os lados e, como ninguém se aproximava, beijou seus lábios. Colocou a língua dentro da boca de Beatriz. Sugou o pouco de saliva que restava. Tocou em seus seios e, quando desceu a mão até as coxas, deu-se conta da calça suja de urina. Pensou então que ele não poderia entregá-la daquela maneira e que tinha o dia inteiro para ficar ao lado dela e decidir o que fazer. Quem sabe levá-la para casa? Impossível. Era dia de faxina, e dona Maria não entenderia o inusitado da visita. Beatriz não estava em condições de ser apresentada a ninguém. Precisava de um banho.

Gustavo escolheu um motel de luxo. Entraram de maneira discreta. Ele a carregou no colo e, ao fechar a porta, imaginou Beatriz com um vestido de noiva. Assoviou a marcha nupcial e a deitou no colchão d'água. As ondulações causaram em Gustavo a sensação de que ela mexera os braços. Seria outra convulsão? Então, ela estava viva! Tomou seu pulso, observou sua respiração. Nada! Morta. Linda, porém morta. Nunca tivera uma mulher como aquela à sua disposição. Prostitutas bonitas eram muito caras. Pediu um espumante. Tirou sua roupa e a de Beatriz. Secou a calça dela com o secador. A bebida lhe deixou um pouco eufórico, e Gustavo passou a conversar sozinho. Perguntava e ele mesmo respondia. "Quantos anos tu tem? ... 32? Não parece, Beatriz... Ah! Trabalha com seguros... Não, eu nunca me casei... Sou engenheiro... Gremista, claro!". Riu bastante, gargalhou. Tomou impulso e jogou-se sobre o colchão. Beatriz quase caiu. Ele então a abraçou e disse: "Calma, meu amor. Eu estou aqui pra te segurar".

Talvez pelo efeito do álcool, sentiu sono. Posicionou-a e aninhou-se junto às costas dela. Beijou sua nuca e dormiu. Sonhou com Beatriz. Estavam em uma praia, comiam castanhas e bebiam coquetéis vermelhos e gaseificados. Excitado, Gustavo a levava para dentro do mar. Se abraçavam com intensidade. Ele tinha uma ereção e tentava penetrá-la, mas as ondas e a água salgada o impediam. Ela disse que estava seca e que não queria e não podia transar. Ele riu e disse: "Como assim, seca? Tu tá dentro d'água. Não pode estar seca".

Gustavo, ao acordar, tomou uma ducha fria. Achou desconfortável sua ereção. Olhou para Beatriz e seu corpo escultural, mas teve medo de transar com ela e de dentro de suas pernas não conseguir mais sair. Tomou um café com torradas e teve alguma dificuldade para vesti-la e colocá-la no carro. Ela tornara-se rígida. Perdera a consistência tenra e amolecida de antes. Na saída, simulou autenticidade ao pagar a conta, fazendo afagos no cabelo de Beatriz. Perto do motel, havia uma praça típica, com bancos de cimento, quiosques de palha santa fé, figueiras e um pequeno coreto. Gustavo a posicionou em um dos bancos e colocou seus pertences ao lado. Quis deixar seus olhos fechados, mas um deles teimava em permanecer aberto. A chuva retornara e não havia ninguém se aproximando. Fez tudo muito rápido. Olhou para trás antes de entrar no carro e disse para si mesmo: "Não se preocupe, Beatriz. Eu vou ficar bem".

# TRAVESSIA

Foi um dia difícil. Havia apresentado minha tese de doutorado e respondido a perguntas hostis de maneira exemplar. Recebi "A" com louvor. A tese versava sobre o olhar feminino na obra de Guimarães Rosa e todos os integrantes da banca se surpreenderam pelo fato de um homem escolher tal tema. Um deles era de fora do estado e se mostrou o mais exigente. Fez questões bastante pertinentes e me exigiu bastante. Era um senhor de idade, grisalho, barrigudinho e de olhar terno. Fiz um convite protocolar: sair para jantar, conhecer um pouco da cidade, essas coisas. Ele fez uma cara séria por alguns instantes, depois me olhou por cima de seus óculos pequenos de leitura e deu um sorrisinho sátiro:

— Ouvi falar de uma boate famosa, com meninas bonitas e eu pensei que... Bem... Você poderia me levar até elas, não?

Peguei-o no hotel por volta das dez e ainda tomamos alguns chopes antes de nos encaminharmos para a "boate famosa". Na chegada, ele engraçou-se com uma loirinha polpuda e desapareceu. Quando eu fui ao banheiro, deixou-me um recado na mesa em que estávamos recém-instalados: me espere, vou embora com você.

Achei de início aquilo tudo até bem engraçado, mas depois fui me chateando. Teria que esperá-lo não sei quanto tempo e já estava um pouco bêbado com o uísque barato que eu havia pedido. As meninas eram realmente bonitas e graciosas, e resolvi me levantar e vigiar uma morena que estava de pé ao meu lado. Quando me ergui, senti os efeitos da bebida e quase caí nos pés da garota, esmagando levemente seu polegar.

— Mil desculpas!

— Nonada.

— Como? O que tu disseste?

— Nonada... Foi nada não.

Ela falou daquele jeito e demonstrava naturalidade. Será que era uma estudante de letras às voltas com seu jeito de custear os estudos?

— Tu tens o costume de falar assim com as pessoas?

— Toleima; falo assim no haja o que há!

E sorriu. Fiquei alguns segundos observando-a. Meu espanto não a amedrontou e logo ela já estava sentando ao lado de minha cadeira. Bebeu um pouco da minha bebida e apertou meu braço direito.

— Que forteza! Teu braço se ajusta no meu, ó!

Nisso, começou um show de strip-tease. Quatro mulheres brincavam nuas no palco e se revezavam fazendo posições eróticas num poste. A morena se refestelava. Com dois dedos sobre a língua, assoviava alto. Chamava atenção.

— Upa, upa! Ufe, ufe!

Era uma menina um tanto simplória, e aquele linguajar roseano só poderia ter sido uma coincidência. Talvez ela fosse mineira. Fiquei curioso.

— De onde tu és? É daqui de Porto Alegre mesmo?

— Vim das gerais. Terras altas. Sô urucuiana. E quem era aquele sinhô de trato, todo trajado, teu pai?

— Não, não! Ele é meu... professor. É isso. Foi meu professor.

— Pois quem vai dá aula hoje pro professor é Miosótis.

Ela leu Guimarães Rosa e sabe que eu estudo esse tema. É isso, uma armação, pensei. Mas por que todo esse cuidado?

— Tu me conheces, não? Eu já dei aula para ti?

— Cheguei ontonte, mas por que o sinhô tá assim todo desqueixelado... Doidera!

Deveria mesmo estar de queixo caído, também pudera. Eu só poderia estar sonhando. Depois de mais de oito anos de estudo.

— Como é teu nome?

— Rosa.

Simples assim: Rosa. Comecei a rir.

— O sinhô abrindo os dentes ansim me deixa no maisquerer.

Pronto! Eu estava totalmente seduzido. Olhei para os lados, como se procurasse um local mais discreto e agradável.

— Deita comigo, moço?

Não me resguardei. Na boate, havia serviços de quarto. Eu iria mesmo esperar o professor, quem sabe não topávamos um com o outro pelos corredores. Apresentaria Rosinha a ele.

O quarto tinha um perfume de spray de lavanda, e o lençol estava bastante esticado.

— Eu sou o primeiro desta noite, Rosinha?

— O senhor uturje: gente quer atravessar um rio a nado tem que se molhar e desviar dos troncos.

Tirou a roupa com gestos bruscos, porém femininos. Eu, ainda de calças e desconfiado, perguntei mais uma vez:

— Está bem! Terminou a brincadeira! Podes me dizer de onde tirou essa ideia de imitar uma personagem roseana?

— O moço gosta de teatrinho? Corografia? — e começou a enrodilhar-se feito uma cobra. — Upa, que nossa noite vai ser de oh!

Tinha um corpo mignon, mas com peitos grandes e melenas fartas. Uma moreninha nada desprezível. Lembrei-me de Nhorinhá, filha da velha arregalada e cigana Ana Duzuza, uma feiticeira aos olhos de Diadorim.

— Me chama de Riobaldo?

— Meu cramulhãozinho!

— X'totó!

Perguntei seu telefone, mas já estava de pé e vestida. Ela tinha a intensidade da onça e a ternura do farfalhar de buritis. Perdera o viço e a postura sedutora. Estendeu a mão direita.

— Antes de te pagar e tu saíres por essa porta, eu queria te dizer algumas coisas, tens um tempinho para mim?

Ela sentou na cama.

— Olha, tu és uma menina bonita e estás provavelmente sozinha nesta cidade grande. Acho que tu precisas de uma pessoa amiga que te dê conselhos e te oriente e...

— Moço, carece de ser explicado. Estou nessa vida embrejada e na lei do venvenvem há de muito tempo.

— E até quando vais ficar assim, nessa vida?

— Tem cisma não.

Seu olhar era franco e belo. Uma pureza transpassava em cada gesto. Fiquei condoído.

— Sabe o que me dá vontade de fazer? Te levar comigo. Viajar contigo lá para as tuas terras, as gerais. Cavalgar a esmo pelas veredas, mergulhar contigo no Rio Urucuia, atravessar o sussuarão, encontrar o demônio e pactuar com ele. O que é que tu achas disso?

Ela deu um sorriso frouxo, tinha todos os dentes.

— Eu tiro umas férias. Tu vens comigo?

— Moço seu doutor, amável eu lhe ouvi, mas no sincero lhe digo: o diabo não existe.

— Eu sei...

— O que existe é bicho homem que faz maldade sem propósito.

— É... Mas que tal viajar comigo? Eu te pago tudo.

Com dedos ágeis puxou alguns fios de cabelo e ficou separando suas pontas, parecia desconhecer que alguns homens pudessem sofrer quando fossem pagá-la e se despedir. Estendeu a palma da mão direita.

— Cem reais, moço.

Não achei caro.

— Posso repetir se te pagar em dobro?

— Anrã! Mas uma novidade tem que estar no disposto das mesas. Tenho que voltar.

Resolvi pagar e sair em busca do professor. Miosótis já deveria também ter terminado com ele.

— Por onde eu saio, Rosinha? Sigo pelo corredor? Tu me acompanhas ou vou sozinho?

Rosa abriu a porta e indicou um caminho. Era um corredor diferente daquele que entramos.

— Tem certeza que por aqui eu chego no salão?

— O moço é um doutor soberano. Nonada. Perigo não espreita, se for...

Cambaleei pelo carpete mofado. A luz era mínima. Temi por alguma coisa e olhei para trás.

— Vai moço! O que existe é sempre saída. Travessia.

*Ao Charles Kiefer*
*e à turma de sábado.*

**ROMANCE**

Sanga Menor · *Cíntia Lacroix*

Enchentes · *Guido Kopittke*

Crime na Feira do Livro · *Tailor Diniz*

Moinhos de sangue · *Ana Cristina Klein*

Fetiche · *Carina Luft*

Sob o Céu de Agosto · *Gustavo Machado*

Helena de Uruguaiana · *Maria da Graça Rodrigues*

Aventuras de Tomé Pires · *Norma Ramos*

**CONTO**

Um guarda-sol na noite e outros contos · *Luiz Filipe Varella*

O Ideograma Impronunciável · *João Kowacs Castro*

Mar quente · *Enio Roberto*

O girassol na ventania e outras histórias · *Marco De Curtis*

Outras mulheres · *Charles Kiefer (org.)*

Contos da mais-valia & outras taxas · *Paulo Tedesco*

O quase-nada · *Valmor Bordin*

Entre sombras · *Saul Melo*

Ponto final · *J. H. Bragatti*

No inferno é sempre assim e outras histórias longe do céu · *Daniela Langer*

Daimon junto à porta · *Nelson Rego*

Delicadamente feio · *Ricardo Silveira*

**POESIA**

Cor de maravilha · *Maria Joaquina Carbunck Schissi*

Menino perplexo · *Israel Mendes*

Leia-me toda · *Claudia Schroeder*

Rabiscos no pensamento · *Helena Hofmeister Martins-Costa*

Poemas famintos · *Valmor Bordin*

Para consultar nosso catálogo completo e obter mais informações sobre os títulos, acesse www.dublinense.com.br.

dublinense

Este livro foi composto em fontes Arno Pro e Frankfurt Gothic e impresso na gráfica Pallotti, em papel pólen bold 90g, em junho de 2011.